NON GUARDARE IL MALE

GUARDIANI ALFA - 1

KAYLA GABRIEL

ISCRIVITI ALLA NEWSLETTER

Unisciti alla mailing list per essere informato per primo su nuove uscite, libri gratuiti, premi speciali e altri omaggi dell'autore.

https://kaylagabriel.com/benvenuto/

Non guardare il male: Copyright © 2019 di Kayla Gabriel

Tutti i diritti riservati. Nessuna parte di questo libro può essere riprodotta o trasmessa in alcuna forma con nessun mezzo elettronico, digitale o meccanico, incluse, ma non solo, attività quali fotocopie, registrazioni, scanner o qualsiasi altro tipo di raccolta di dati e sistema di reperimento di informazioni senza il permesso esplicito e scritto dell'autore.

Pubblicato da Kayla Gabriel
Non guardare il male

Copyright di copertina 2017 di Kayla Gabriel, autrice
Immagini/foto di Depositphotos: VolodymyrBur; GraphicStock; Fotolia.com: satyrenko

Nota dell'editore:
Questo libro è stato scritto per un pubblico adulto. Questo libro potrebbe contenere scene sessuali esplicite. Le attività sessuali incluse nel libro sono pure fantasie per adulti e ogni attività o rischio corso dai personaggi della finzione nella storia non è né approvato né incoraggiato dall'autore o dall'editore.

1

PERE MAL

Dominic "Pere Mal" Malveaux posò i gomiti sulla sottile ringhiera dell'Hotel Monteleone. Strizzò gli occhi al bagliore del sole primaverile di metà mattina, mentre scrutava il panorama di New Orleans. Ogni volta che aveva bisogno di pensare lasciava le sue lussuose stanze nell'attico del Monteleone e si recava sulla terrazza con la piscina. Gli permetteva di approfittare di un momento di pace e silenzio, lontano dai suoi tanti sottoposti e la loro continua inettitudine. Inoltre, da lì poteva godere di una meravigliosa vista su tutta la città e sul Mississippi.
Oggi la vista era spettacolare come al solito, ma il piacere che gli provocava era mitigato da una sensazione che non gli era familiare. Incertezza, forse. Era così vicino a scoprire l'antichissimo segreto che il sacerdote voodoo Baron Samedi aveva lasciato dietro di sé. Una sorta di indovinello, che avrebbe dovuto rivelare il segreto dei Sette Cancelli. Il modo

più veloce di sollevare il Velo, quella sottile barriera tra il suo mondo e l'aldilà. La via più breve per raggiungere il reame degli spiriti, un luogo a cui Pere Mal aveva bisogno di accedere.

Unire il suo illustre potere con quello degli spiriti dei suoi temibili avi sarebbe stato un vero colpo. Al momento Pere Mal era forte, ma quando avrebbe distrutto il Velo e unito i due mondi sarebbe stato inarrestabile. Le Medcin, quel minaccioso bastardo ficcanaso, sarebbe caduto ai suoi piedi. La gente era ingenua se avesse creduto davvero alle bugie di Medcin, secondo le quali egli avrebbe rappresentato una qualche sorta di potere superiore. In passato anche Pere Mal ci aveva creduto.

Ora, però... Pere Mal sapeva che Le Medcin era un serpente bugiardo. L'avrebbe fatto cadere, nel modo più feroce possibile. Subito dopo aver fatto cadere in ginocchio quella donna che si spacciava per sacerdotessa.

Pere Mal strinse i pugni al solo pensiero di Mere Marie, a come si agghindava ultimamente. Quella stronza con la puzza sotto il naso. Non era niente quando Pere Mal l'aveva incontrata la prima volta, seguiva i principi del voodoo senza capirli, senza apprezzare l'arte del bilanciare la magia di luce e la magia oscura. Se non ci fosse stato lo "zio Dominic" a mostrarle la via, dove sarebbe stata ora la piccola Marie?

"Capo".

Pere Mal si voltò e vide il suo braccio destro, Landry, mentre attraversava a grandi falcate il bel patio; sembrava arrabbiato. L'aspetto di Landry era opposto a quello di Pere Mal, il che li rendeva una coppia interessante. Landry era basso, sotto il metro e cinquanta. La sua pelle era di un pallido atipico, nonostante la sua ovvia discendenza afroamericana, aveva un colorito bianco latte. Indossava anche dei completi squadrati, troppo grandi per lui; se Pere Mal non gli avesse chiesto di vestirsi in modo appropriato al lavoro non c'era dubbio che Landry avrebbe indossato solo pantaloncini sportivi e scarpe da ginnastica, con una vecchia giacca della sua squadra preferita. Accanto a Pere Mal, che era alto, aveva la pelle color caramello e indossava sempre completi con giacca e cravatta con la sua grazia di altri tempi, Landry sembrava proprio ciò che era: un sottoposto poco raccomandabile che si occupava del lavoro sporco, e che non vedeva l'ora di eseguire gli ordini di Pere Mal.

"Landry", disse Pere Mal, lanciando al suo sottoposto un'occhiata glaciale e facendolo rallentare, l'uomo non correva più, esitava. "Pensavo avessimo un accordo riguardo ciò che succede quando sono qui sul tetto".

La bocca di Landry si inarcò verso il basso, ma avanzò comunque.

"Sì, Monsieur", disse Landry. Il francese ne uscì massacrato dal suo accento americano di periferia. Certo, Pere Mal immaginava che non tutti potessero parlare con accento Creolo come lui e Mere Marie, che in passato era stata una sua protetta.

"Eppure", disse l'uomo, rivolgendo a Landry uno sguardo dall'alto verso il basso, oltre il suo largo naso, "eccoti qui".

"Abbiamo trovato la strega. Forse. Credo", disse Landry, fermandosi a qualche passo di distanza da dove Pere Mal stava appoggiato alla ringhiera. Landry fece alcuni passi nervosi sul posto sotto lo sguardo attento del capo. "Ho pensato che avreste voluto saperlo subito'.

"Entriamo", disse Pere Mal, allontanandosi dalla ringhiera e avanzando a grandi falcate verso l'interno. "Non voglio che ci sia un precedente, non credere di poterti intromettere nei miei pensieri quando vuoi".

"Signore", disse Landry sollevato con un cenno del capo.

Tornarono dentro ripercorrendo i passi di Landry, Pere Mal face strada verso dei soffici divani nascosti in una piccola area bar. Nei fine settimana l'elegante bar rivestito in assi di legno era pienissimo di gente e rumoroso; ora, invece, era silenzioso e vuoto. Perfetto per la conversazione che stava per accadere.

"Bene. Dimmi cosa hai scoperto", disse Pere Mal, accomodandosi sul divano più grande. Landry si sedette sulla piccola poltrona accanto alla sua, giocherellando nervosamente con l'orrenda cravatta verde che indossava.

"Un secondo solo", disse Landry, poi, portando le mani ai lati della bocca, urlò: "Amos! Amos, porta la ragazza!"

Le labbra di Landry erano sollevate in un sorrisetto furbo, mentre uno dei suoi scagnozzi trascinava nella stanza una ragazzina tutta ossa. La pelle della ragazza era di una tonalità che ricordava la crema al caramello, un perfetto mix creolo, e indossava un aderente vestito blu elettrico che faceva risaltare i suoi occhi color miele. Al momento, quegli occhi erano pieni di lacrime, aveva i lunghi capelli arruffati e dal suo volto traspariva la paura e la rabbia che provava.

Pere Mal la trovò molto attraente, ma quelle lacrime lo ripugnavano. Se avesse apprezzato l'umanità, non sarebbe mai diventato un sacerdote voodoo di tale levatura, non avrebbe mai imparato gli antichi segreti, non avrebbe mai recitato le parole che gli avevano permesso di abbandonare la sua essenza umana e di rendere la sua anima immortale. Più si allontanava dalle sue origini mortali, più gli umani e le loro futili emozioni lo disgustavano. Le lacrime della ragazza, il bagliore compiaciuto negli occhi di Landry... Pere Mal represse un sospiro annoiato.

"L'ho trovata che ballava in un club di Bourbon street. Ha la lingua lunga, mi ha detto che sa leggere le energie e mi ha raccontato che sua mamma gestisce un chiosco a Le Marché", grugnì Amos. Rivolse poi uno sguardo alla ragazza, scuotendola con forza. "Digli della donna che tua mamma vede sempre a Le Marché".

"Non vi aiuterò", rispose la ragazza con un ghigno. "Mi

hai trascinato per tutta la città. E non credo che pagherai per tutti i tuoi balli privati". Landry si schiarì la gola.

"Proprio in questo momento i miei uomini stanno mettendo la tua mammina nel retro di un furgone", disse alla giovane donna. "Tu e lei ci aiuterete a trovare questa strega, oppure, vi ucciderò entrambe".

La giovane donna era sconvolta, sembrava un pesce fuor d'acqua, mentre apriva e chiudeva la bocca diverse volte.

"Andrea", disse Amos, strattonandola di nuovo per un braccio. "Inizia a parlare".

"L-lei… Mia mamma ha detto che c'è questa donna bianca che va continuamente nel suo negozio, cerca roba per, tipo… diminuire la sua magia o qualcosa del genere. La donna vede i fantasmi, credo. Mamma ha detto che una volta la donna le ha dato un messaggio da parte di mio zio".

"Sa fare altro?" chiese Pere Mal curioso.

"Non lo so", disse Andrea, imbronciata. "Io non ero neanche lì. Mamma ha solo detto che la donna è una stupida ad andare in giro senza protezione. È molto potente e cazzate varie".

"Come si chiama la donna?" chiese Pere Mal, ignorando l'atteggiamento della ragazza.

"Echo qualcosa. Echo…" Andrea si concentrò aggrottando la fronte. "Cabba-qualcosa. Non ricordo bene. Caballero?"

"E come fa a mitigare il suo potere?" La incalzò Pere Mal.

"Manto di Strega", si intromise Amos, sembrando sicuro di sé. "Si prepara un tè con quella roba, fa davvero schifo. Ma funziona. Elimina i tuoi poteri e ti rende invisibile ad altri Kith".

Pere Mal affilò lo sguardo, chiedendosi come facesse questo leccapiedi a saperlo. Lasciò correre, non era abbastanza interessato da chiedere spiegazioni.

"Bene. Vai avanti", disse, sventolando una mano nei confronti della ragazza.

"E mia mamma?" chiese lei, alzando la voce.

"Te la riconsegneremo tra un paio d'ore, intatta. Lei ci aiuterà a trovare la strega", sospirò Pere Mal.

"Medium", lo corresse Amos. Pere Mal gli lanciò uno sguardo perplesso che si trasformò subito in un'occhiata adirata, Amos se la diede a gambe trascinando la ragazza con sé.

Pere Mal si spostò davanti la finestra; camminando avanti e indietro studiava il contorno della città iniziando a escogitare il suo piano.

"Fate sì che la madre cerchi la strega usando i cristalli", ordinò Pere Mal. "Trovate anche il suo nome. Cercatela e seguitela finché non sarà in un posto tranquillo. La voglio entro domani al tramonto".

"Dove devo portarla?" chiese Landry.

Nessuno degli affari di Pere Mal veniva condotto qui all'Hotel Monteleone. Quell'hotel per lui era come una seconda casa, non voleva rischiare la comodità della sua suite personale, neanche per qualcosa di così importante come trovare la ragazza. Solo pensare che presto sarebbe stato faccia a faccia con la prima delle Tre Luci gli faceva accennare l'ombra di un sorriso.

Dopo averci pensato un attimo, Pere Mal rispose: "Prytania House. Assicurati che una delle streghe faccia la guardia alla stanza per nascondere la presenza della ragazza e per evitare che scappi".

"Sì, Monsieur", annuì Landry. L'uomo fece per voltarsi e andare via.

"Landry", disse Pere Mal, trattenendolo.

"Sì, signore?"

Pere Mal fissò Landry con uno sguardo intenso.

"È una cosa importante. Occupatene personalmente. Non possiamo permetterci errori", gli disse.

"Sì, signore".

Pere Mal si voltò, congedando Landry. Il suo cuore traboccava di un sentimento stranamente simile alla gioia. In pochissime ore la strega sarebbe stata tra le sue mani. Lei era la prima chiave per scoprire i segreti di Baron Samedi, il primo passo che l'avrebbe portato a distruggere il Velo.

Pere Mal non poté fare a meno di sfregarsi le mani impaziente di gioia.

Presto.

2

ECHO

MERCOLEDÌ, ORE 10 DEL MATTINO

"Non è che non capisco", disse Echo con un sospiro, alzando gli occhi al cielo verso destra, per guardare la fugace apparizione di un ragazzino creolo che fluttuava accanto a lei con una faccia ansiosa.

"Ma, signorina", disse il fantasma, torcendosi le mani, "Non pensa che le persone dovrebbero sapere? L'intera città è in pericolo!"

Echo esitò, insicura su come rispondere. Il problema di parlare con il giovane Aldous era che, come la maggior parte dei fantasmi, non aveva ben presente il contesto. Dopo che uno spirito passava oltre il Velo ed entrava nell'aldilà non percepiva più il trascorrere del tempo. Non si rendeva neanche conto che il mondo era andato avanti senza di lui.

Gli spiriti apparivano nel reame umano perché qualcosa li ancorava lì, impedendogli di proseguire oltre, qualsiasi cosa fosse ciò che li aspettava dall'altra parte.

Quindi, ancorati lì, gli spiriti esistevano come un frammento di memoria, un infinitesimale pezzo di anima umana sospesa nel tempo, agendo secondo le uniche informazioni e conoscenze che avevano: le circostanze esatte del momento della loro morte.

Ciò non ne faceva un'ottima compagnia, secondo Echo. Soprattutto quando, come Aldous, in vita il fantasma era stato un ingegnere civile di New Orleans la cui intera attenzione era focalizzata sull'alluvione che ne avrebbe, e che ne aveva effettivamente, ridotto di molto la popolazione... nel 1908.

"Aldous, se prometto di andare al Comune oggi stesso e parlare con il sindaco in persona mi permetterai di occuparmi dei miei affari?" chiese Echo.

Aldous le rivolse un cenno severo ed evanescente del capo prima di scomparire. Echo emise un sospiro mentre entrava al Faubourg Marigny, cercando il luogo esatto per entrare nel Mercato Grigio. A volte chiamato anche Le Bon Marche o il Mercato Voodoo, il Mercato Grigio era un'ampia selezione di negozi che si rivolgevano ai praticanti di magia di ogni tipo e a qualsiasi altro Kith che avesse bisogno di... beh, praticamente qualsiasi cosa.

Il segreto per entrare nel Mercato Grigio era che in ogni istante erano attivi tra dieci e centro accessi e uscite, ognuno corrispondente a una posizione unica e spesso casuale all'interno del mercato. Il luogo era simile a una tortiera piena di perle, ognuna collegata a quella accanto da un una serie di chioschi connessi come in un labirinto. Le perle consistevano di negozi di libri di incantesimi, erboristi, bordelli esotici e qualsiasi altro tipo di oscuro, polveroso e inquietante negozio.

Le entrate e le uscite del Mercato Grigio erano furbamente nascoste in pieno giorno. Alcune erano delle porte che bastava varcare, e che apparentemente conducevano in una casa o un bar. Un umano sarebbe passato attraverso un supermercato o l'atrio di un appartamento, mentre un membro della comunità Kith avrebbe trovato la combinazione per poi recitare a voce alta la parola d'ordine del portale, ottenendo così l'accesso al Mercato.

Echo si aggirò per Chartres Street, cercando allo stesso tempo niente ma anche qualcosa. Vuol dire che non cercava qualcosa in particolare, ma cercava qualcosa che fosse leggermente fuori posto, un indizio che ci fosse della magia nell'aria.

Echo trovò una cabina del telefono immacolata nascosta accanto a una casa diroccata, le stanze della casa erano disposte in sequenza lungo un corridoio, in modo che guardando dalla porta d'entrata era possibile vedere direttamente il giardino. Visto che era il 2015, Echo pensò che una cabina del telefono nuova non fosse una cosa che si vedeva tutti i giorni. Accelerò il passo per avvicinarsi e aprire la porta; entrando, deglutì per mandare giù il groppo che sentiva in gola.

Entrò senza problemi nel Mercato Grigio; un attimo prima era nella cabina e quello dopo era in uno squallido vicolo sporco. Si guardò intorno e proseguì lungo il passaggio per ritrovarsi in una delle strade principali del mercato, Carré Rouge. Questa sezione era sempre magicamente illuminata dalla luna, era rivolta in prevalenza a vampiri in cerca di banche del sangue, donatori ancora vivi o bordelli... oppure una combinazione delle tre cose. Il resto del mercato sembrava illuminato da una sorta di lieve luce del mattino, proveniente da una fonte non meglio identificata, ma Carré Rouge era la parte più buia. E inquietante, secondo Echo.

La ragazza rabbrividì e si affrettò a uscire da Carré Rouge, trattenendo il respiro finché non entrò nella zona principale del mercato. I sensi di Echo furono sopraffatti dalla vista, i rumori e gli odori che la assalirono, quando si fermò ad ammirare il vasto mercato. Ci saranno stati trecento banchi nella zona principale, ammassati in file tutte storte. Questi commercianti vendevano oggetti più piccoli, mele caramellate e incantante con magie d'amore, economiche pozioni già pronte, fino a bacchette magiche da quattro soldi e sfere di cristallo per indovini. Nel mercato principale si commerciavano oggetti di poco valore. I praticanti più esperti andavano a caccia di ciò che cercavano dietro i banchi, nelle zone con i negozi più appartati.

Echo superò i banchi senza neanche guardarli e si diresse verso il lato più estremo del mercato, ammirando il panorama mentre entrava da Robichaux, erbe e pozioni. Il mercato era silenzioso. Quando nel mondo umano era mattina presto molti Kith dormivano ancora, evitavano la luce del sole oppure stavano solo recuperando energie dopo aver fatto tardi il giorno prima. Il momento più vivace per il mercato era dopo mezzanotte, per questo molti banchi e negozi non aprivano fino a mezzogiorno o anche più tardi.

Aprì la porta d'ingresso, sorridendo al familiare tintinnio della campanella che avvisava Miss Natalie della presenza di visitatori. Echo si sorprese di non trovare nessuno in negozio. Non era mai entrata senza trovare l'anziana erborista in attesa, con un sorriso sul volto e dei freschi pettegolezzi sui Kith.

Echo chiuse la porta e posò un attimo lo sguardo sul bancone vuoto, poi scrollò le spalle. La cassa era sul retro del negozio, sui due lati era affiancata tre altissime file di librerie in legno bianco. Ognuna conteneva mensole con piante raggruppate secondo la specie e l'utilizzo, gli esemplari vivi crescevano sotto cupole di vetro, i prodotti secchi e in polvere erano racchiusi in bottiglie di ogni forma e tipo. Nonostante la collezione fosse imponente, i contenitori erano ben etichettati e organizzati.

Echo trovò subito quello che stava cercando, aprì il tappo del barattolo e usò le pinze all'interno per raccogliere alcune foglie, poi le lasciò cadere in una piccola busta di plastica che teneva nella borsa. Le foglie che acquistava qui andavano a male in meno di una settimana, quindi visitava spesso il posto.

"Posso aiutarla, signorina?"

Echo Caballero si girò all'improvviso e fece quasi cadere diversi contenitori che stavano sullo scaffale opposto, i quali sembravano contenere diversi tipi di rane e girini essiccati. Piegò la testa di lato e osservò l'uomo che stava all'altro capo del corridoio, bloccandole l'uscita. Sembrava del tutto fuori posto; tanto per iniziare, indossava un completo scuro, troppo grande per lui. Non era esattamente il modo di vestire solito di maghi, sacerdotesse e commercianti Kith che frequentavano il Mercato Grigio. Oltretutto, l'uomo non era Natalie Robichaux, la sacerdotessa che gestiva il negozio.

"Ehm, sto solo cercando un po' di Manto di Strega", disse Echo aggrottando la fronte. Alzò in alto la busta per fargli vedere che l'aveva trovato.

"Bene, bene", disse l'uomo. Fece un passo verso di lui con un'espressione determinata, le mani dietro la schiena.

"Dov'è Miss Natalie?" chiese la ragazza. D'improvviso sentì la gola secca; c'era qualcosa che non le tornava.

"Ha lasciato gli affari", rispose l'uomo senza esitare. "Sono Amos, suo... nipote".

Echo conservò un'espressione impassibile, ma avrebbe voluto ridergli in faccia. Miss Natalie era congolese, la sua pelle era scura come il cielo di mezzanotte. L'accento dell'uomo era locale, la sua pelle aveva un tono olivastro, ma era di sicuro un caucasico. Era quasi impossibile che fosse imparentato con Miss Natalie.

Eppure esitò, non volendo saltare a conclusioni affrettate, quindi non lo accusò di nulla.

"Capisco. Posso pagare allora? Devo proprio andare", disse Echo.

"Certo", rispose lui, avanzando di qualche passo e invitandola a superarlo con un gesto della mano.

Echo sentì il cuore balzarle in gola quando una figura pallida apparve accanto allo strano uomo, una giovanissima ex schiava che Echo aveva incontrato altre volte in negozio. Si chiamava Ava, se ricordava bene. Era passato del tempo dall'ultima volta che le era apparsa. L'apparizione scosse la testa con disappunto, le sue lunghe trecce danzavano seguendo il movimento. Strinse le mani e portò i pugni sui fianchi, lanciando uno sguardo severo verso Echo.

"Cattivo, cattivo uomo", disse Ada, volgendo gli occhi verso sinistra per guardare l'estraneo. "Ha preso soldi. Non è nipote di nessuno, signora".

Echo si morse un labbro. L'estraneo le lanciò un'occhiata impaziente, inconsapevole del fantasma al suo fianco. Era un esempio perfetto dell'intera vita di Echo, poter ascoltare cose che gli altri non percepivano, e sembrare una pazza. Però in genere i fantasmi non erano lì per cercare di salvarle la vita. Di solito cercavano di parlarle dei loro parenti morti da tempo mentre era sul tram, oppure le chiedevano di prendersi cura dei loro animali domestici, morti anche loro, mentre era al lavoro in negozio, con una fila di clienti impazienti che arrivava fin fuori alla porta.

"A ripensarci..." disse Echo. "Pensi di potermi indicare dove si trova, uhm... l'aconito? Dall'altro lato del negozio? Mi serve per un incantesimo, ma non saprei riconoscerlo".

Echo sottolineò, sperando che il tipo credesse alla sua bugia. Lui si fermò e scrollò le spalle. Poi si voltò e si mosse verso il lato opposto del negozio, in quel momento Echo scattò facendo cadere la busta con le erbe mentre scappava.

Fu fuori dalla porta prima che l'uomo si rendesse conto che era scappata via, ma fu presto sulle sue tracce.

"Aiuto!" urlò Echo, le sue grida si diffusero nella strada ancora silenziosa.

Un'anziana con i capelli grigi si girò a guardarla, il mantello nero che indossava svolazzò quando si appoggiò al suo bastone quasi chinandosi del tutto.

L'anziana estrasse una bacchetta argentea da sotto il mantello, ma era troppo tardi. Lo straniero che indossava il completo afferrò Echo per un gomito e la strattonò via dalla strada tirandola dentro un vicolo, fino a trascinarla dentro una porta chiusa.

Ma, ovviamente, non era una porta vera e propria. Era semplicemente una delle tante uscite a sorpresa del Mercato, e l'aggressore di Echo la spinse direttamente all'interno del portale trasportandola nelle luminose strade di New Orleans. Si guardò intorno velocemente e si trovò sul gradino d'entrata di una casa arancione, come un melone. Il suo aggressore la seguì, Echo scappò scendendo gli scalini, cercando disperatamente qualcuno che potesse aiutarla.

Dall'altro lato della strada c'erano tre uomini enormi che le stavano correndo in contro. Il suo cervello riuscì a registrare piccoli frammenti della scena, unendoli insieme lentamente: un uomo biondo dall'aspetto scontroso, un ragazzo dai capelli scuri con una smorfia preoccupata in volto, il fatto che i tre uomini fossero armati. Non erano semplicemente armati, avevano pistole *e* spade. In effetti, erano anche vestiti in tenuta tattica, come se facessero parte di una qualche squadra speciale.

Il cervello di Echo ebbe qualche difficoltà a elaborare la cosa; inoltre, notò che il terzo uomo stava per prendere la sua spada. Solo allora lo guardò, si concentrò solo su di lui.

Capelli castani chiari, un'incredibile barba rossa, spalle larghe, e…

Dio, quelli dovevano essere gli occhi più verdi mai visti al mondo. Vividi come l'intreccio di una foresta, ardenti come un fuoco di smeraldo, quegli occhi le stavano scavando dentro. Il suo cervello andò in cortocircuito, fu accecata dalla sensazione di *connessione* e assalita dal desiderio di essere *più vicina…*

Quando il suo cervello cedette, i piedi di Echo lo seguirono. Il suo inseguitore, l'uomo in completo scuro che aveva dimenticato all'istante, la afferrò subito dopo. La circondò da dietro con le braccia, stringendola a sé e poi l'intero mondo scomparve.

"Che cavolo…" mormorò Echo tra sé e sé. Il suo assalitore la spinse e lei ebbe un momento per guardarsi intorno.

Era in piedi su una spiaggia di sabbia nera che sembrava essere incredibilmente remota, il suo sguardo era puntata su una costa interminabile. Era simile a una spiaggia hawaiana che aveva visto una volta sul canale del National Geographic, ma l'aria era fredda. Umida e salata, tuttavia, mancava di calore. Echo sollevò lo sguardo e scoprì che non c'era il sole nel cielo, solo una vaga luce che arrivava dall'alto. Tipico delle illusioni Kith, proprio come l'intenso tramonto del Mercato.

Quindi, questo era una specie di nascondiglio, creato usando una piega tra i mondi. Era ovunque e in nessun luogo allo stesso tempo. Ne aveva sentito parlare, ma non ne aveva mai visitato uno.

Il suono di una pistola che veniva caricata la fece rabbrividire. Echo deglutì e si voltò verso il suo assalitore: l'uomo aveva il respiro affannato e sembrava piuttosto arrabbiato.

"Perché sono qui?" chiese lei.

"Sta' zitta! Dammi la borsa", disse richiamandola all'attenzione. "Non ne hai altra di quella erba, vero?"

Echo lo guardò aggrottando la fronte e gli consegnò la borsa; le venne la nausea mentre lo guardava frugarci dentro. Lui le confiscò il coltellino svizzero ed esaminò l'antico specchietto che Echo portava sempre con sé; forse aveva percepito un tocco di magia nello specchio. Le rivolse un'altra occhiata e ributtò lo specchietto nella borsa, poi la gettò in terra a qualche metro di distanza.

"Puoi anche metterti comoda", le disse. "Potrebbe volerci un po'".

"Per cosa potrebbe volerci un po'?" chiese Echo, che sentiva la frustrazione crescere ad ogni battito del cuore.

"Vedrai".

Le sembrò che fossero passati anni mentre stavano su quella spiaggia. Echo si guardò in torno, per sedare la sua noia e la tensione osservava lo strano paesaggio simulato. Proprio quando stava per convincersi che sarebbe rimasta sull'isola per un'eternità, un paio di uomini in giacca e cravatta apparvero davanti ai suoi occhi con un sonoro *pop*. Uno era quasi identico al suo assalitore, stesso completo scuro e lineamenti slavati. L'altro, invece...

L'altro uomo era enorme, sarà stato almeno due metri e dieci. Aveva tratti tipicamente ispanici, pelle color caramello e capelli scuri, il tutto accompagnato da un gelido sorrisetto dai denti bianchissimi. Indossava un perfetto completo su misura, che si addiceva alla sua immensa statura. Volse lo sguardo su di lei, che spalanco la bocca dalla sorpresa quando vide che i suoi occhi erano arancioni.

Non erano castani e caldi. Erano proprio arancioni, come due sfere di fuoco che galleggiavano lì dove avrebbero dovuto essere i suoi occhi. Echo sentì l'improvviso bisogno di scappare e vomitare allo stesso tempo, ma il suo stupido cervello era bloccato.

"Capo", disse il suo assalitore, spostando la sua attenzione sui nuovi arrivati.

Il cervello di Echo andò in tilt per un attimo e lei si lasciò guidare dal panico. La sua mano si mosse verso la pistola in mano all'assalitore, facendo allarmare il gruppo. Poi si lanciò sulla borsa, riuscendo a sdraiarsi su di essa mentre cercava di tirare fuori lo specchietto.

"Ritorna", sussurrò stringendo le dita sulla superfice dello specchietto e chiudendo gli occhi.

Per un lungo momento non ebbe il coraggio di guardare dove si trovasse. Non usava spesso incantesimi. In verità, non usava quasi mai alcun tipo di magia. Era probabile che la sua preghiera appena sussurrata non avesse avuto nessun effetto.

Si spostò e notò di non essere più sdraiata sulla sabbia. In effetti, era in piedi e l'aria afosa sulla pelle suggeriva che fosse tornata a New Orleans. Spalancò gli occhi e si trovò faccia a faccia con lo stesso uomo che aveva notato prima, i suoi occhi fissavano uno sconfinato mare di smeraldo…

Senza sapere cosa stesse facendo, Echo si lanciò tra le braccia dello straniero e scoppiò in lacrime.

3

RHYS

MERCOLEDÌ, ORE 10 DEL MATTINO

"Ah! Ti ho preso, rosso bastardo!"
Rhys Macaulay grugnì mentre stringeva la presa sull'impugnatura della sua spada lunga. Sul viso aveva una smorfia che lasciava scoperti i denti mentre le sue dita scivolavano di mezzo centimetro, ma il compagno di allenamento non perdeva un colpo. Gabriel lo aggirò verso sinistra, ad ogni movimento le sue scarpe da ginnastica cigolavano sul pavimento di gomma della palestra della Villa. Rhys aggiustò la stretta, ma servì a poco. Lui e Gabriel si stavano allenando da quasi due ore e le mani di Rhys erano completamente sudate.

"Asciughi le mani con la magia, maledetto inglese", accusò Rhys, la sua rabbia faceva emergere ancora di più l'accento scozzese, al punto da accorgersene lui stesso.

"Pensavo avessi detto che non c'erano regole nella lotta", gli disse Gabriel di rimando, il suo accendo londinese di alta classe dava sui nervi a Rhys.

"Se non ricordo male hai detto *'Langiagli la terra 'n faccia e dagli 'n calcio quanno è giù'.*" Rhys sbuffò all'imitazione di Gabriel.

"Non parlo mica così", insistette Rhys.

Gabriel scelse quel momento per colpire, usando un movimento svelto per disarmare Rhys e colpire allo stesso tempo le sue costole non protette, fermando il movimento della spada a un centimetro dalla pelle di Rhys. Decisamente una mossa ammirevole. Rhys si era impegnato molto per allenare duramente Gabriel durante i primi mesi, tutto per quello scopo; era una perdita di tempo addestrare qualcuno che non avesse abbastanza controllo da non ferire il proprio insegnante.

"Direi che è un punto per me, no?" Gabriel rivolse un sorrisino pieno di sé a Rhys. Facendo un passo indietro e abbassando la spada, l'uomo si passò una mano tra gli scuri riccioli sudati. Aveva fatto dei grandi progressi da quando erano arrivati alla Villa, la sua figura si era riempita già dopo un paio di mesi di allenamenti intensivi. Al momento era quasi grande e muscoloso quanto Rhys, ma più asciutto, il che conferiva una certa grazia ai suoi movimenti.

"Chiudi quella bocca, belloccio". Rhys alzò gli occhi al cielo, facendo finta di chiudere lì lo scontro. Appena Gabriel distolse l'attenzione Rhys lo attaccò, il filo della spada a un soffio dal collo dell'altro. Lo forzò a inginocchiarsi e a lasciare la spada, gli occhi di Gabriel bruciavano di rabbia.

"Sono fuori", disse in un sibilo.

Rhys si allontanò da lui con un sorriso, un attimo dopo Gabriel ridacchiò esasperato.

"Non sopporti proprio di perdere, eh?" gli chiese, accettando l'aiuto di Rhys a rialzarsi.

"Non è questo, Gabriel. Voglio che tu capisca che fuori da questo piccolo bozzolo sicuro", disse Rhys, facendo un movimento circolare con un dito per indicare il terreno della Villa, "le persone non combattono lealmente. Giocano sporco, perché è così che vincono. Se possono impedirti di muoverti in qualsiasi modo, hanno vinto. Al diavolo l'onore".

Le labbra di Gabriel si alzarono di nuovo in un mezzo sorriso e scrollò le spalle.

"Presto", disse, puntando un dito contro Rhys. "È già un anno che ci alleniamo insieme. La settimana scorsa ho battuto Aeric, il prossimo sei tu".

"Nei tuoi sogni, bimbo", disse Rhys, dirigendosi verso il muro e appendendo la spada al gancio sulla parete.

Gabriel fece lo stesso, lanciando all'altro uno sguardo scettico. "Ho quatto anni meno di te", gli fece notare. "Sì, e le nostre vite prima dei Guardiani non avrebbero potuto essere più diverse", rispose Rhys con una scrollata di spalle. "Sono stato cresciuto come il figlio primogenito di un capo clan degli Altipiani scozzesi. Fin da piccolo ho avuto un ruolo di responsabilità. Ho iniziato ad allenarmi ogni giorno dai sette anni, a dodici addestravo gli altri, a ventidue combattevo per il Re. Ho sempre saputo che un giorno avrei..."

Rhys si interruppe. *Guidato la mia gente*, aveva le parole sulla punta della lingua, ma non riusciva a pronunciarle. Contrasse la mascella mentre rifletteva, forse per la centesima volta quell'anno, sul fatto che non avrebbe mai guidato e regnato su nulla. Aveva sacrificato quel diritto nell'attimo stesso in cui aveva stretto l'accordo con Mere Marie.

"Rhys... non è più il 1764", disse Gabriel, lanciandogli un mezzo sguardo compassionevole che fece contrarre lo stomaco di Rhys. "È il 2015, e devi abituarti al fatto di essere un Guardiano ormai. Una semplice ape operosa nel piccolo alveare di Mere Marie, ormai sei dedito a proteggere New

Orleans. Non sei l'unico che è stato trascinato in avanti di qualche centinaio d'anni per giocare al soldato".

Il tono disinvolto di Gabriel fece irrigidire Rhys. Era vero che aveva abbandonato il suo clan, scambiando il suo diritto a guidarlo in cambio della promessa fattagli da Mere Marie. Gli aveva garantito che la sua gente sarebbe sopravvissuta e avrebbe prosperato nonostante i tanti pericoli imminenti. Ma questo non voleva dire che Rhys avrebbe dovuto dimenticare la sua vecchia vita o fare finta di non rimpiangere le sue scelte. Rhys e Gabriel avevano avuto questa stessa discussione diverse volte nell'anno appena passato, imparando a conoscere i punti deboli e le eccentricità dell'altro mentre si impegnavano a formare un'affiatata squadra di combattenti.

Il terzo Guardiano della loro squadra... ecco, era sicuramente un fantastico combattente, ma era decisamente meno amichevole. Rhys considerava Aeric, il guerriero vichingo che chissà come era finito nel loro gruppo, come una sorta di mistero.

"Sono affamato", annunciò Gabriel, interrompendo i pensieri del compagno. Rhys pensò che Gabriel stesse probabilmente cambiando argomento per dirottare il flusso morboso dei suoi pensieri. Sapeva che Gabriel lo faceva per via della loro recente amicizia. I due uomini avevano instaurato una sorta di simpatia nel corso dell'ultimo anno, almeno era qualcosa di più di quanto avevano con Aeric. Quest'ultimo era ancora distaccato e per lo più se ne stava per i fatti suoi.

"Va bene, va bene", disse Rhys, asciugandosi il sudore sulla fronte. "Ho visto che Duverjay preparava dei panini mentre venivamo qui".

I due uscirono dalla palestra e attraversarono il grande spazio verde del giardino trascurato della Villa. Entrarono nella casa principale e ignorarono il soggiorno in favore della cucina, dove il maggiordomo, Duverjay, stava preparando diverse Gatorade dentro una grande ciotola di ghiaccio. Il basso uomo di origini creole era apparso lo stesso giorno in cui Rhys era arrivato alla Villa, ed era pronto a soddisfare tutte le loro necessità, ma Rhys era piuttosto sicuro che Duverjay riferisse anche ogni loro movimento a Mere Marie.

"Ah, Duverjay, sai sempre cosa voglio", lo canzonò Gabriel. Il maggiordomo alzò un sopracciglio, ma non rispose. L'uomo proveniva da una classica scuola per maggiordomi e non avrebbe mai risposto a una provocazione di Gabriel, così come non si sarebbe mai presentato al lavoro in infradito.

I Guardiani tormentavano senza sosta Duverjay prendendolo in giro per il completo nero e la camicia bianca che indossava ogni giorno. Il maggiordomo non indossava mai nulla di diverso dalla sua divisa autoimposta, ma questo non gli impediva di lanciare occhiate di disapprovazione ai Guardiani ogni volta che giravano per casa in pantaloncini e scarpe da ginnastica dopo una lunga giornata di allenamento.

Formata da Mere Marie con lo specifico intento di proteggere la città di New Orleans dall'ondata di potere maligno che stava avanzando, in particolare da un'evanescente figura celata nell'ombra conosciuta con il nome di Pere Mal, la squadra dei Guardiani trascorreva la maggior parte del proprio tempo a pattugliare le strade della città. In genere monitoravano tutti gli affari dei Kith, la comunità paranormale, ma potevano essere chiamati anche per aiutare gli umani, se ce n'era davvero bisogno. Quando non erano di pattuglia, i Guardiani si allenavano o lavoravano sulle loro abilità con le armi, in genere facevano pratica di mira con una pistola o una balestra.

Il maggiordomo si era impuntato per avere sempre un completo con cravatta ben stirato e pronto da indossare nella camera da letto di ogni Guardiano. Come se in qualsiasi momento Rhys potesse abbandonare i suoi jeans e anfibi per indossare abiti adatti a una cena elegante. Di tutte le comodità moderne ciò che Rhys amava di più erano i jeans della taglia giusta e le macchine veloci.

Anche se aveva dovuto abbandonare quasi tutto della sua vecchia vita, Rhys iniziava ad apprezzare alcuni aspetti della nuova. Il 2015 era ricco di ottimi vini e whiskey, per esempio. La varietà nella moda era incredibilmente ampia e anche se Duverjay si occupava della maggior parte degli acquisti per i guardiani l'uomo aveva un certo occhio per le taglie.

C'era da dire anche qualcosa riguardo al cibo, un'illuminante vastissima scelta da ogni tipo di selvaggina o volatile che Rhys avesse mai conosciuto, moltiplicato per cento. Non c'era niente che amasse più di un filetto di salmone arrosto, patate novelle e un'insalata fresca dall'orto. In genere la cena si chiudeva con un bicchiere di porto o Scotch, anche se non beveva molti alcolici.

Il suo stomaco gorgogliò, si rese conto che stava fantasticando sul salmone perché allenandosi con Gabriel gli era venuta una fame enorme. Che fosse maledetto, ma l'altro guardiano era quasi bravo quanto lui con la spada e ora Rhys doveva lavorare molto più duramente per tenerli entrambi ben allenati.

"Cena?" chiese al maggiordomo.

"Signori", disse Duverjay con un lieve inchino. "C'è una giovane signorina nei guai che vi aspetta nell'atrio. Forse vorrete incontrarla prima di mangiare".

Rhys lanciò uno sguardo incuriosito al maggiordomo, poi si diresse nell'atrio d'ingresso. Una giovane donna con la pelle chiara li aspettava tormentandosi le mani. Indossava un vestito blu che metteva in risalto ogni curva del suo corpo. Abbinato a un paio di scarpe bianche con il tacco altissimo, il vestito alla moda contrastava con la tristezza del suo volto.

Duverjay si intromise tra la ragazza e Rhys, posandole una mano sul braccio per confortarla. Rhys notò che Gabriel si teneva a distanza, apparentemente soddisfatto di osservare da lontano.

"Lei è Andrea", disse Duverjay, rivolgendo alla ragazza un sorriso comprensivo. "Sua mamma è finita nei guai. Giusto, Andrea?"

La giovane donna annuì, le tremolava il labbro inferiore. Rhys restò sorpreso nel vedere come Duverjay stesse cercando di consolarla; l'uomo mostrava raramente qualsiasi tipo di emozione, e Rhys non lo aveva mai visto esprimere un qualsiasi tipo di simpatia o comprensione.

"Quell'uomo, Pere Mal, ha preso la mamma", singhiozzò Andrea. "Non ha fatto niente di male. Non può portarla via così solo perché lavora a Le Marchè, vero?"

Mere Marie, la lunatica donna a capo dei Guardiani, scese lentamente da una delle due grandi scalinate ai lati dell'atrio d'ingresso, anche se Rhys non si era accorto che li stava ascoltando. Era una donna minuta di circa sessant'anni, anche se Rhys sapeva che Mere Marie era almeno quattro o cinque volte più vecchia di quanto sembrasse. La sua pelle aveva quel tipico tono caffè-latte delle donne creole, ma i suoi lisci capelli grigi e la cadenza francese del suo accento di New Orleans suggerivano una discendenza mista che andava ben oltre: haitiano, creolo e bianco, forse persino un po' di spagnolo.

Come sempre, Mere Marie era vestita in uno svolazzante set di vesti di cotone. Quel giorno erano di un giallo chiaro e aveva tirato su le maniche fino ai gomiti. Rhys percepì un aroma di anice ed erbe amare, l'odore si faceva più forte con il suo avvicinarsi. Le dita e le braccia della donna erano costellate di macchie verdi e gialle, voleva dire che arrivava dalla sua erboristeria, dove stava lavorando alla creazione di piccoli sacchetti che chiamava *gris-gris*.

Essere al servizio di una sacerdotessa voodoo non era mai noioso, questo era certo. Rhys si allontanò dal forte odore di liquirizia che emanava Mere Marie, e aspettò di sentire cosa avrebbe detto del maggiordomo che aveva portato un'estranea nella Villa.

"Ah, Duverjay, vedo che porti anche la famiglia in visita al lavoro ora", disse Mere Marie inarcando un sopracciglio.

Rhys guardò Duverjay e Andrea, all'improvviso era ovvio che fossero imparentati. Avevano un naso simile e gli stessi occhi marrone cioccolato. Duverjay lanciò un'occhiataccia a Rhys e Gabriel, come se li stesse sfidando a dire qualcosa su di lui o Andrea.

"Mia nipote, signora", disse Duverjay rivolto a Mere Marie. "Spero che non le dispiaccia".

Rhys rivolse uno sguardo fugace a Mere Marie, chiedendosi per la millesima volta cosa avesse fatto esattamente la donna per guadagnarsi la lealtà e il rispetto dell'uomo. Duverjay non si sottometteva a molte persone, ma con lei era l'immagine perfetta dell'educazione.

"Sentiamo, allora", disse Mere Marie, rivolgendo uno sguardo scettico alla ragazza.

"Ecco, ero al lavoro, allo Stiletto, e parlavo con uno dei miei clienti abituali. Questo tipo, Amos, lascia belle mance". Andrea fece una pausa e inspirò incerta. "Gli ho raccontato una storia sulla mamma, del suo lavoro nel mercato voodoo, come incontra tutte queste persone. Streghe e sensitivi, un sacco di persone vanno da lei per le erbe".

"Tua mamma ha dei prodotti di altissima qualità", disse Marie annuendo.

"Ecco, non mi ero accorta che Amos lavora per dei... Non so chi sono questi tipi, ma hanno rapito la mamma mentre era per strada. Non ha neanche chiuso il negozio, ha lasciato la porta aperta. Menomale che hanno tutti paura di lei". Andrea fece una smorfia arrabbiata.

"E Amos ti ha detto dov'è tua madre?" chiese Duverjay.

"Nah, immagino che quel tipo, Perma qualcosa si chiama,

ha un posto oltre il ponte dove tiene la gente. Amos lo dice come se..." Andrea si interruppe e rabbrividì. "Come se non è niente di che. È da malati".

"Vuoi dire Pere Mal, credo. Perché hanno preso tua madre? Ha qualcosa che vogliono?" chiese Mere Marie piegando la testa di lato.

"Un paio di settimane fa Amos mi ha dato delle mance super, mi ha chiesto di cercare una certa persona. Una medium, così l'ha chiamata. Una molto forte, senza scudi per tenere lontano le persone, e nessuno a proteggerla. La mamma legge le aure e roba così, sai", disse Andrea, portando le mani sulla testa per imitare un'aura. "Ha detto che questa ragazza va da lei e prende una certa erba, qualcosa per non vedere i fantasmi. La mamma ha detto che l'aura di questa ragazza è un po' blu, significa che non c'è nessuno a casa ad aspettarla. Comunque, Amos chiedeva, quindi gli ho detto della ragazza. Credevo che voleva contattare un fantasma o roba così".

"E hanno preso tua madre per trovare la ragazza?" chiese Rhys, cercando di riempire i vuoti della storia.

"Sì. Si chiama Echo Caballero. Amos però l'ha chiamata in un altro modo... Una luce o puttanate del genere". Andrea sospirò. "Linguaggio", la ammonì Duverjay aggrottando la fronte.

"Scusa, zio George". Andrea gli rivolse una smorfia dispiaciuta e Duverjay la strinse in un dolce abbraccio.

"Che ne dici di prendere qualcosa da bere?" disse Duverjay, lanciando uno sguardo carico di significato verso Rhys, mentre portava la nipote verso la cucina. "Lasciamoli lavorare sul come riportare indietro tua madre".

Appena furono lontani, Gabriel si lasciò andare in un sospiro rassegnato.

"Non credevo che ora ci occupassimo degli affari personali di Duverjay", si lamentò.

"Non è per questo che Duverjay l'ha portata qui", scattò Mere Marie, rivolgendo a Gabriel uno sguardo irritato. "L'ha portata perché è coinvolto Pere Mal. Ed è una buona cosa che l'abbia fatto, se questa donna è ciò che penso che sia. Le Tre Luci devono essere protette, dobbiamo tenerle lontane da Pere Mal a tutti i costi".

"Cosa sono le Tre Luci?" chiese Rhys.

Lavorare per Mere Marie gli aveva aperto un mondo completamente nuovo e ogni maledetto affare di magia sembrava avere un titolo speciale e una storia. Senza neanche contare tutta la strana storia e mitologia di New Orleans in cui erano coinvolti Mere Marie e Duverjay. Dio non volesse che tu pronunciassi Burgundy Street come il vino, quando i locali la chiamavano *Bar-GAN-di*.

"Dov'è Aeric?" chiese Mere Marie sventolandosi con un ventaglio. "Ho bisogno di tutti e tre i Guardiani per questo compito".

Gabriel si girò, portò le mani ai lati della bocca e urlò il nome di Aeric verso il primo piano, dove si trovava la stanza del vichingo. I quattro piani superiori erano tutti disposti in modo che una fila di porte in legno scuro si affacciassero su un lungo e ampio corridoio che collegava le scalinate che risalivano dai lati della casa. Questo voleva dire che guardando in alto dall'ingresso si potevano vedere tutte le stanze. Il volume del suo urlo era particolarmente impressionante e Rhys sorrise all'espressione dispiaciuta di Mere Marie per trovarsi così vicina a quel rumore.

Qualche secondo dopo, una porta al primo piano si aprì e il grande uomo con i capelli biondo scuro apparve ai loro occhi, sembrava adirato.

"Sì?" chiese Aeric, avvicinandosi alla ringhiera e affacciandosi per guardare di sotto verso di loro. L'inglese di Aeric non era male, considerando che al suo arrivo nella Villa non lo sapeva affatto, ma anche così era ancora taciturno.

"*Madame* ha bisogno di tutti noi", disse Gabriel, usando il titolo tanto caro a Mere Marie.

Aeric gli lanciò uno sguardo gelido, poi si trascinò lungo il corridoio e giù per le scale.

"Sono impegnato", li informò l'ex vichingo. Il suo accento nordico medievale era marcato e quando decideva di parlare trascinava le parole, a volte Rhys faceva fatica a capire quello che Aeric diceva tra i suoi borbottii.

"Non più", gli disse Mere Marie seccamente, girandosi e conducendoli nell'ampio soggiorno. Duverjay e Andrea erano rintanati nell'angolo cottura, sedevano al bancone bar e parlavano a bassa voce.

Mere Marie camminò a grandi falcate verso quello che i Guardiani chiamavano il Tavolo, un grandissimo tavolo di quercia circondato da diverse panche. Era il loro luogo d'incontro abituale per discutere di affari riguardanti l'uccisione dei demoni e la lotta alle forze del male che minacciavano New Orleans.

La donna si sedette ad un'estremità, lasciando che Rhys, Aeric e Gabriel trovassero posto intorno a lei.

"Pere Mal ha rapito una parente di Duverjay", disse Mere Marie ad Aeric, indicando il maggiordomo con una mano.

Aeric arricciò le labbra, forse si chiedeva quanto fosse saggio da parte di Pere Mal rapire qualcuno così strettamente collegato ai Guardiani, ma non disse nulla. Che Pere Mal fosse già a conoscenza dei Guardiani era uno degli argomenti più dibattuti alla Villa, e ora non era il momento di iniziare un'altra accesa discussione a riguardo.

"Andrea ha detto che l'uomo di Pere Mal ha definito la donna una Luce. Nel senso di una delle Tre Luci", disse Mere Marie, dando una breve spiegazione. "Pere Mal è ossessionato con la distruzione del Velo, la barriera protettiva tra il mondo degli spiriti e il nostro. Vuole poter dominare gli spiriti dei suoi antenati, richiamare a sé il loro potere per servirsene. Purtroppo, non gli interessano le altre forse che potrebbero attraversare il Velo".

"Immagino che non sia nulla di piacevole", disse Gabriel.

"Diciamo solo che tutti noi abbiamo dei fantasmi nel nostro passato, e gli spiriti vendicativi sarebbero una benedizione in confronto ad alcune delle forze oscure che emergerebbero", disse Mere Marie.

"Quindi, cosa sono le Luci?" chiese Rhys, curioso.

"Pere Mal crede che Baron Samedi, un vecchio sacerdote Voodoo, abbia trovato un modo per aprire il Velo. *Sette notti, sette lune, sette segreti, sette tombe'*. Alcuni credono che sia la chiave per trovare e aprire i Cancelli di Guinee, che conducono direttamente nel reame degli spiriti. Da lì, alcuni… incantesimi… possono essere usati per squarciare il Velo, per sempre".

Finalmente Aeric disse qualcosa, rivolgendo uno sguardo onesto a Mere Marie. "Sono curioso di sapere come fai ad avere tutte queste informazioni su Pere Mal".

Mere Marie si irrigidì per una frazione di secondo, poi si rilassò di nuovo. Successe così in fretta che a Rhys sembrò di averlo immaginato.

"Ho i miei informatori", fu la sola risposta.

Le sue parole erano vere, ovviamente. Aveva un'ampia rete di informatori in tutta la città, si sussurravano informazioni l'un l'altro, passandosi segreti che alla fine raggiungevano le orecchie di Mere Marie. La donna aveva un lato affascinante, riusciva a fare rilassare e ridere le persone finché non erano loro a *volerle* dire tutto.

"Giusto", disse Rhys, scuotendo la testa per un momento. "Quindi le Luci fanno parte del rituale, o qualcosa del genere?"

"Non ne sono certa", disse Mere Marie sorprendendolo. "Hanno tutte funzioni diverse. Andrea ha menzionato che questa ragazza, Echo, è una medium. Sembrerebbe che Pere

Mal ne abbia bisogno per evocare e comunicare con un fantasma".

"Non c'è modo di sapere con chi vuole parlare", ipotizzò Gabriel. "Potrebbe essere lo stesso Baron Samedi o un membro della sua famiglia. Potrebbe essere…"

"Chiunque", concluse Rhys annuendo. "Non saprei come potremmo combattere contro qualcosa che non possiamo trovare".

"La ragazza. Troviamo la ragazza", disse Mere Marie. "Dobbiamo usarla per scoprire il segreto prima che sia Pere Mal a farlo". Sulla stanza calò un lungo silenzio.

"Stai suggerendo di usarla esattamente nello stesso modo in cui vorrebbe usarla l'uomo da cui stiamo per salvarla?" chiese Gabriel, con un'espressione contrariata.

"Sì. E credo…" Mere Marie fece finta di guardarsi intorno in cerca di qualcosa. "Ah, sì. Sono ancora io il capo qui. Quindi, quando vi chiedo di andare in cerca della ragazza e di farlo in fretta forse fareste bene a darvi una mossa".

Si alzò in piedi, lanciando a tutti uno sguardo minaccioso.

"Usate lo specchio da lettura. Trovate la ragazza. La voglio qui per l'alba", ordinò. Si sgranchì il collo con qualche schiocco sonoro, poi lasciò la stanza senza voltarsi mai indietro.

"Bene… allora," disse Gabriel, dal suo volto traspariva il risentimento, "credo che andrò a prendere lo specchio".

4

RHYS

MERCOLEDÌ, ORE 10 DEL MATTINO

"Ci serve qualcosa di più che una posizione vaga", disse Rhys, mentre tutti e tre scrutavano nello specchio da lettura da cui rifletteva un bell'isolato dai colori vivaci di Faubourg Marigny, un quartiere di alta classe vicino al Quartiere Francese pieno di tipici cottage in stile creolo tenuti alla perfezione. "Il fatto che sia dalle parti di Spain Street non ci aiuta granché".

"Mmm..." mugugnò Gabriel, riflettendo. "Beh, posso provare a fare una cosa. Non l'ho mai fatto prima, ma ho scoperto un incantesimo oscuro che potrebbe mostrarci l'aspetto della nostra ragazza".

"Ucciderà qualcuno? Ci brucerà le sopracciglia?" chiese Aeric, rivolgendo a Gabriel uno sguardo intenso. Un mese dopo il loro arrivo alla Villa, Aeric aveva permesso a Gabriel di usarlo come cavia in un incantesimo di evocazione. La mela nella mano di Aeric non si era spostata di un centimetro e ovviamente non era volata nella mano di Gabriel che era in attesa, ma era riuscito in qualche modo a dare fuoco alle ciglia e sopracciglia di Aeric, cosa che Rhys trovò piuttosto divertente.

"No", disse Gabriel sulla difensiva. "Te l'ho detto, una delle parole nell'incantesimo era mezza cancellata. Non è stata colpa mia".

"Tutta la magia è responsabilità del mago", iniziò a dire Aeric. Il vichingo aveva delle opinioni molto forti riguardo la responsabilità magica, il che portò di nuovo Rhys a chiedersi come fosse la vita che Aeric si era lasciato alle spalle. Era riservato riguardo alla sua abilità da mutaforma e sulla sua conoscenza della magia, non si fidava delle donne e le nuove tecnologie lo mettevano facilmente a disagio. Purtroppo, per la mente curiosa di Rhys, Aeric era un bastardo di poche parole che non parlava mai del suo passato per più di un secondo o due.

"Va bene, va bene", disse Rhys, guardando l'ora sull'orologio d'oro che portava al polso. "Non abbiamo tempo per questo, Gabriel, fai l'incantesimo".

"Ho bisogno della ragazza. Cioè, di Andrea", disse Gabriel.

Andarono a prenderla, Duverjay si teneva a distanza lanciando occhiate scettiche ai Guardiani. Di recente Gabriel aveva iniziato a prendere delle pagine dal libro di Mere Marie; quando eseguiva gli incantesimi combinava gli elementi fisici in precedenza e li avvolgeva in un piccolo sacchetto di lino bianco. A seconda dell'incantesimo il sacchetto poteva essere indossato sotto i vestiti a contatto con la pelle, bruciato in un cerchio di sale, gettato in un fiume o qualsiasi altro gesto simbolico.

Questo incantesimo prevedeva che Andrea collocasse il

sacchetto, grande quando una moneta, sulla sua lingua mentre immaginava l'obiettivo dell'incantesimo. Rhys rabbrividì per lei, quando Andrea annusò il sacchetto e sbiancò nel sentirne l'odore, ma con obbedienza seguì gli ordini e chiuse gli occhi.

Dopo un breve incantesimo, Gabriel sollevò le mani davanti al viso della ragazza. Fece il gesto di afferrare qualcosa, stringendo l'aria vicino agli occhi di lei e tirando le mani verso di sé. Una sottile nebbia grigia apparve nell'aria, offrendogli l'immagine in bianco e nero della giovane donna che conosceva la madre di Andrea.

L'immagine era sfocata, non gli dava molti dettagli. La donna aveva la pelle pallida, capelli chiari e occhi scuri incastonati in un viso a forma di cuore. Lo sguardo fugace che ebbero sul suo corpo rivelò una dolce figura a clessidra fasciata in un elegante ma semplice vestito in stile retrò. Per qualche ragione, nonostante i dettagli su di lei fossero pochi, Rhys sentì una forte attrazione nascere nel profondo del suo petto.

Cercò di darsi un contegno, reprimendo la strana reazione. Non era più stato con una donna da quando era arrivato a New Orleans. Le donne moderne erano un mistero per lui, giocavano secondo delle regole che lui non capiva, usavano della tecnologia che lui non voleva o di cui non aveva bisogno, si aspettavano… Ecco, di certo non di essere corteggiate, sempre che Rhys avesse qualche diritto a riguardo.

Si sentiva solo nella Villa e a differenza di Gabriel non si impegnava in alcun modo per abituarsi ai fumosi bar della città e alle rumorose discoteche. Il ballo era la parte peggiore, in realtà. L'interazione peggiore di tutte, insieme a una "musica" che Rhys odiava, il tutto mentre doveva stare appiccicato a una qualche strana donna…

Rabbrividì e mise da parte i suoi pensieri. "Bene.

Abbiamo finito", disse Gabriel ad Andrea, che sembrava grata della cosa, mentre sputava il sacchetto nel palmo della mano. "Resta con Duverjay finché non liberiamo tua madre, va bene?"

"Grazie", disse Andrea, facendosi scortare dal maggiordomo nell'atrio d'ingresso. Duverjay e Mere Marie avevano entrambi una stanza al quarto piano, e Rhys immaginò che avrebbe ospitato la nipote per la notte.

"È ora di andare a divertirsi", disse Aeric, rivolgendogli uno dei suoi rari sorrisi.

Rhys e Gabriel lo seguirono mentre si dirigeva verso la porta sul retro, attraversava il cortile ed entrava nella palestra. L'ambiente era diviso in tre segmenti. La parte principale della palestra ospitava la zona di allenamento che Rhys e Gabriel avevano usato poco prima quello stesso giorno; il pavimento poteva essere trasformato da gomma dura a soffici materassini oppure, all'occorrenza, poteva essere allestito un ring. Poi c'era un'area di medie dimensioni per gli attrezzi e i macchinari: tapis roulant, una lunga parete di stand con i pesi e tantissimi tipi di macchinari specifici per tenere i loro corpi in perfetta forma per maneggiare le spade.

L'ultima parte, molto più piccola di tutto il resto della palestra, era anche l'unica protetta da uno scanner per impronte e retina. Aeric avanzò a grandi falcate attraverso la palestra diretto alla grande gabbia con le sbarre nere e si fermò davanti alla porta per una rapida scansione, aprendo poi le serrature della spessa porta di metallo. La spalancò ed entrò, fermandosi per lasciare entrare Rhys e Gabriel.

Rhys lanciò uno sguardo verso le sbarre di metallo di cui erano fatte le pareti della gabbia, ognuna ospitava file e file di armi da cima a fondo. Pistole e armi più recenti sulla destra, spade e armi più brutali e primitive sulla sinistra. Gabriel andò prima a destra, mentre Aeric e Rhys andarono a sinistra. Tipico, visto che Gabriel si era facilmente adattato alle tecnologie del 2015, mentre gli altri due facevano ancora fatica. Aeric più di tutti, in realtà. Aveva imparato il minimo indispensabile riguardo pistole e computer e non aveva mai approfondito.

Forse perché, nonostante i tre uomini sembrassero avere la stessa età, Aeric e Rhys erano molto più anziani di Gabriel, lui aveva vissuto solo trent'anni prima di unirsi ai Guardiani. Il suo normale invecchiamento umano si era arrestato solo un paio di mesi dopo essere arrivato alla Villa, trent'anni erano il normale punto di stasi per gli orsi mutaforma.

Rhys e Aeric avrebbero sempre preso prima le spade. Rhys scelse una spada a due mani ben bilanciata, mentre Aeric scelse uno spadone pesante. Si capiva subito il loro stile di combattimento, Rhys preferiva la manovrabilità mentre Aeric la forza bruta. Si scambiarono di posto con Gabriel che aveva preso due pistole nere e una doppia fondina da cintura.

Mentre Gabriel andava in cerca di una spada leggera, Rhys e Aeric sceglievano le loro pistole. Una delle regole dei Guardiani istituita da Mere Marie era che, visto che avrebbero combattuto nel mondo moderno, avrebbero avuto bisogno di armamenti moderni. Se qualcuno avesse sparato i Guardiani dovevano rispondere al fuoco. Fino a quel momento le pistole erano state usate molto poco. Per Rhys e Aeric era una seconda natura combattere con le loro spade e i normali affari dei Guardiani, che prevedevano di eliminare demoni e minacciare vampiri assetati di sangue; erano attività ideali da svolgere con la spada.

"Non dimenticare l'uniforme", disse Rhys rivolto ad Aeric, mentre uscivano dalla gabbia. Duverjay teneva sempre pronte tre pile di equipaggiamento ben ordinate, ognuna etichettata con il nome di un Guardiano.

Rhys prese gli stivali da combattimento neri, pantaloni neri, una maglietta grigio scuro, una cintura per le armi fatta su misura e un giubbotto antiproiettili. Ogni oggetto portava il logo dei Guardiani Alfa, una testa d'orso ruggente su due spade incrociate, ai lati del logo erano incise rispettivamente una A e una G. Dirigendosi verso il piccolo spogliatoio accanto alla gabbia delle armi indossò la divisa.

Dopo aver infilato la cintura tra i passanti dei pantaloni, assicurò un set di cinture su ogni gamba a metà coscia. La cintura aveva un fodero per la spada sulla sinistra e due fondine per le pistole sulla destra, una all'altezza del fianco e un'altra quindici centimetri più giù. La parte posteriore della fondina ospitava un paio di caricatori per le due speciali 38 millimetri che portava, inoltre, aveva altre munizioni nel giubbotto antiproiettile.

Fuori dallo spogliatoio i Guardiani si presero un minuto per controllarsi a vicenda, assicurandosi che tutto fosse al suo posto e che a nessuno mancasse nulla di importante. Un'altra delle regole di Mere Marie, secondo lei incoraggiava il *lavoro di squadra*.

Di tutte le centinaia di migliaia di nuove parole che Rhys aveva imparato nell'ultimo anno, *lavoro di squadra* era forse quella che gli piaceva di meno. Il suo uso in genere suggeriva un compito poco piacevole o un sacrificio personale a favore di un bene superiore e Rhys aveva fatto molto di entrambi nella sua vita. Eppure, gli piaceva lavorare con Gabriel e Aeric, si fidava di loro durante un combattimento. Gabriel era una grande fonte di informazioni sulla magia e Aeric... Rhys ancora non lo aveva inquadrato bene, ma l'uomo aveva conoscenze in quasi ogni campo.

"Muoviamoci", disse Aeric.

Uscirono dalla palestra passando dall'entrata opposta rispetto a quella da cui erano entrati, attraversarono un corto passaggio coperto che conduceva fuori dalla proprietà. La Villa si trovava in Esplanade Avenue poco più a nord del Quartiere Francese, in una zona storica chiamata Treme. La Villa e il terreno circostante occupavano quasi un intero isolato e i Guardiani dovevano comunque usare una parte di un parcheggio a tre piani che confinava con il retro della proprietà per ospitare i loro numerosi veicoli.

Visto che si sarebbero mossi insieme e cercavano di farlo velocemente, Aeric prese le chiavi del fuoristrada leggero dalla gabbia delle armi e le lanciò a Rhys, l'autista designato del gruppo. Meno di un minuto dopo stavano uscendo dal garage e procedevano spediti verso il quartiere di Marigny.

Il viaggio fu breve, meno di un chilometro e mezzo. Nella zona c'era poco traffico visto che erano già passate le dieci di sera ed era un mercoledì, per questo pochi minuti dopo avevano già parcheggiato in Spain Street. Era una strada residenziale, con un susseguirsi di villette a schiera colorate antiche quasi quanto la città stessa. L'intero quartiere era pieno di tipici cottage che si sviluppavano su un lungo corridoio. Rhys saltò giù e si guardò intorno, cercando di identificare la zona in cui lo specchio gli aveva mostrato il loro obiettivo.

Echo, pensò distrattamente, *è un bel nome*. Rhys si rimproverò per quel pensiero e tornò a concentrarsi, ma Gabriel risolse il mistero per primo.

"Laggiù", indicò Gabriel. "Qualche isolato più in là, la casa arancione".

L'altro Guardiano aveva ragione. La particolare casa color melone era affiancata da una blu e una verde, tre bei palazzi vivaci e ben tenuti, identici tranne che nel colore. Rhys si mise a correre in quella direzione, chiudendo la macchina con il telecomando mentre si allontanava.

L'uomo si fermò dall'altro lato della strada rispetto alla casa arancione, era il numero 307. La superò, procedendo oltre un paio di case finché non raggiunse un punto dove c'erano alcuni alberi di mandarancio, il folto fogliame dava agli uomini una buona posizione nascosta da cui osservare la zona.

"Aeric, tu copri l'area ovest", disse Rhys puntando la direzione da cui erano venuti. "Gabriel, tu copri l'area est. Io terrò d'occhio la porta d'ingresso in attesa di movimento".

Non dovettero aspettare a lungo. Qualche minuto dopo, la porta d'ingresso del numero 307 si spalancò con un sonoro *bang*. Si sentì un urlo e una bionda voluttuosa che indossava un casto vestito blu si precipitò fuori dalla casa, era scalza e correva.

Rhys sentì Gabriel e Aeric irrigidirsi accanto a lui, era il sesto senso acquisito in anni di campi di battaglia combattendo al fianco dei suoi uomini. Per un momento Rhys fu pronto a scattare in azione, il momento dopo la bionda alzò gli occhi incrociando il suo sguardo. Un momento ed era un guerriero pronto alla battaglia, il momento dopo stava affondando. Gli occhi di lei lo avevano catturato, erano due laghi di ametista, i più profondi che si potessero immaginare, erano di un regale color porpora con cenni dorati.

Compagna.

Rhys sentì l'orso farsi strada dentro di sé, salire in superficie senza forzare Rhys a mutare forma. Le sue labbra si aprirono come se avessero una volontà propria, un grido disperato emerse dalla sua gola. Subito dopo era partito in azione, l'unica cosa che sapeva era che doveva toccarla, proteggerla.

"Mia", ruggì.

Una figura scura si lanciò davanti allo sguardo di Rhys, era qualcosa che l'uomo non riusciva a capire a pieno in quel momento. Quella figura indistinta entrò in collisione con la sua compagna che urlò sconvolta.

Pop.

Rhys restò immobile sul posto a fissare lo spazio vuoto. Nonostante la donna fosse sul marciapiede solo un attimo prima, a meno di 15 metri da lui, ora era semplicemente… scomparsa.

"L'ha trascinata in una piega tra i mondi", disse Gabriel, comparendo accanto a Rhys. "Uno spazio sospeso tra questo mondo e l'aldilà. Non possiamo seguirla, sarebbe impossibile sapere dove si trova esattamente".

Rhys sbatté gli occhi un paio di volte, guardandosi le mani che sembravano vuote. Non si era mai sentito così perso prima, incapace di comprendere, incapace di spiegare qualcosa.

"Rhys", disse Aeric, posando una mano sulla spalla del compagno d'armi. "Segno di vita".

Rhys si voltò verso di lui, le labbra tirate indietro a scoprire i denti. Era l'orso che reagiva alla perdita della sua compagna, facendo a pezzi gli ultimi frammenti dell'autocontrollo di Rhys. Qualcosa negli occhi di ghiaccio di Aeric si mosse, una risposta alla sfida di Rhys.

Rhys tirò indietro la testa con la bocca rivolta al cielo mentre il suo corpo iniziava a mutare, le ossa si spostavano mentre la sua forma cambiava, trasformandolo da uomo a orso. Furioso e devastato, Rhys rilasciò un ruggito furioso e disperato.

Cadendo a quattro zampe si girò e corse giù lungo la strada, non pensava più a niente, se non a trovare ciò che aveva perso.

5

RHYS

Il Laird Rhys Ian Bramfor Macaulay aveva fatto molte scelte difficili nella sua vita e quasi in tutti quei momenti aveva scelto di dare precedenza al benessere degli altri rispetto al suo. Era un leader nato, il sangue nelle sue vene era il risultato di generazioni e generazioni di eccellenti capiclan scozzesi. In quanto tale, era abituato sia a mettere l'interesse degli altri prima di ogni altra cosa, sia a fare le cose a modo suo quando si trattava di affari importanti. Un martire schiavo delle proprie passioni, sempre che esistesse qualcosa del genere.

Quando la sua futura compagna riapparve, tornando sul piano umano con un *pop*, Rhys era appena riuscito a contenere il suo orso. Aeric e Gabriel erano stati costretti a sottometterlo prima che Rhys scatenasse il panico in tutta la città con l'avvistamento di un orso scatenato a piede libero nell'8° Distretto. I Guardiani si erano appena affermati come un'aggiunta positiva alla comunità Kith; l'ultima cosa di cui avevano bisogno era che Rhys mettesse in discussione le cose finendo sui notiziari della sera per aver sbranato un funzionario del controllo animali selvatici.

Per fortuna, i suoi amici guardiani erano riusciti a calmarlo e a trascinarlo sul posto in cui era scomparsa la ragazza, insistendo sulla necessità di aspettare, in caso tornasse. Le loro parole erano per lo più una farsa, lo scopo era quello di far concentrare e rilassare Rhys.

Quindi, quando la meravigliosa bionda tutta curve si lanciò tra le sue braccia, l'uomo fece una grande fatica a trattenersi. Il suo orso stava già scalciando ed era pronto a liberarsi, insistendo perché Rhys obbedisse all'intenso e crescente bisogno di accopparsi che era emerso dal profondo del suo cuore. Purtroppo, ben lontana dall'essere disposta a farsi spogliare, scopare e marchiare, la futura compagna di Rhys piangeva a dirotto, stringendo le palle di lui mentre il suo corpo tremava in preda ai singhiozzi.

Tutto ciò che poté fare fu consolarla e sperare di superare questa nuova ossessione di affondare i denti nella tenera pelle della sua spalla. La strinse tra le braccia ricambiando l'abbraccio, meravigliandosi alla loro differenza di altezza che superava i trenta centimetri. La ragazza non era troppo magra, la sua figura a clessidra aveva tutte le curve nei punti giusti, ma sembrava comunque incredibilmente fragile tra le braccia di Rhys.

"Va tutto bene, piccola", disse Rhys, cercando di non dare a vedere che il profumo di lei lo stava eccitando. Rhys riconobbe subito quell'odore, sapeva di fiori di campo e raggi di sole, l'esattezza della cosa lo sorprese.

Rhys lanciò a Gabriel uno sguardo disperato, incerto su come procedere.

"Dammi le chiavi, eh?" chiese Gabriel. L'altro prese le

chiavi del SUV dalla tasca e le lanciò all'amico, poi rivolse nuovamente la sua attenzione alla ragazza.

"Echo?" le chiede con dolcezza, sentendosi stupido per la sua incertezza. "È il tuo nome, vero? Echo Caballero?"

Echo tirò su col naso e si allontanò di qualche centimetro, le sue guance erano leggermente rosa dall'imbarazzo. Rhys capiva il disagio della ragazza. L'attrazione di un potenziale compagno era forte, li attirava l'uno all'altro come un fulmine che si abbatteva sul terreno; la sensazione doveva avere l'effetto di far dimenticare alla persona che l'altro era un perfetto sconosciuto.

"S-sì", disse lei, asciugandosi le lacrime con il dorso della mano.

Rhys non aveva mai desiderato così tanto un fazzoletto. Il pensiero lo fece accigliare, consolare le donne non era di certo una sua normale abitudine. Il fatto che volesse farlo… beh, dava la colpa alla magia dell'imprinting.

"Io sono Rhys Macaulay", blaterò lui. "R-H-Y-S, tipo riso, ma senza la o. I miei… amici, qui… sono Gabriel e Aeric".

Ancora una volta Rhys restò sconvolto dalla completa perdita di controllo sui suoi desideri. In genere non si presentava mai a nessuno, tanto meno faceva lo spelling del suo nome, ma posò lo sguardo su quegli incredibili occhi violetti e semplicemente… si sciolse. Era tanto ingiusto quando inevitabile. Non c'era niente che potesse farci, il che lo faceva sentire frustrato.

"Rhys", disse Echo, provando a pronunciare il suo nome. "È davvero un bel nome".

Gabriel accostò il SUV al marciapiede e Rhys strinse delicatamente Echo con una mano.

"Echo, so che non mi conosci, ma penso che tu sappia che puoi fidarti di me. Vero?" le chiese con il suo marcato accento scozzese.

La guardò mentre soppesava quelle parole, forse si stava

facendo delle domande su quella parlata così marcata. La cadenza scozzese sembrava rafforzarsi ogni volta che posava gli occhi sul suo volto. Dopo un attimo lei annuì.

"Sì. Anche se non so perché", rispose Echo, mordendosi il labbro inferiore.

"Te lo spiegherò più tardi. Vorrei che tu venissi con me ora. Vivo qui vicino, con questi gentiluomini", Rhys indicò con un gesto Aeric e Gabriel. "Penso che tu sia coinvolta in qualcosa che va al di là del tuo controllo e vorrei portarti al sicuro. La nostra casa è ben protetta".

Echo esitò e si allontanò del tutto da lui, concedendosi un po' di spazio per pensare a mente lucida.

"Non devi restare", disse Rhys, sapendo che quelle parole erano una bugia nel momento stesso in cui lasciarono le sue labbra. Sentì uno strano bruciore allo stomaco, la consapevolezza di aver mentito gli bruciava le labbra. "Ma non puoi andartene in giro così. Quell'uomo tornerà per te, non fare questo errore".

Lo sguardo di lei scattò in alto e si incrociò con il suo, facendogli battere forte il cuore come se fosse un ragazzino innamorato. Rhys fu quasi sul punto di emettere un ringhio, ma temeva di spaventare Echo e farla allontanare. Lei lo guardò di nuovo, come per valutare la situazione; l'uomo percepiva che anche lei si sentiva completamente fuori controllo.

"Va bene", disse lei. "Solo finché non avrò un piano, ok?"

Rhys annuì con uno scatto della testa, all'improvviso non riusciva più a mentirle. Il suo cervello lo aveva pensato, le sue labbra avevano provato a creare dei suoni, ma la sua lingua divenne pesante e le parole *ovviamente* semplicemente non volevano saperne di uscire dalla sua bocca.

"Cazzo", disse, sconvolto.

Echo gli lanciò uno sguardo, sorpresa.

"Non è niente", la rassicurò lui con un sospiro. "Mi sto solo... adattando".

L'espressione di Echo mutò in una di completa comprensione. Permise a Rhys di guidarla verso il SUV e si fece aiutare a salire sul sedile posteriore. Lui fece il giro dell'auto e salì accanto a lei, fece una smorfia quando le sue mani iniziarono a fremere per il bisogno di toccarla, di essere in contatto con lei in qualsiasi modo. Lo sguardo di Rhys si spostò sul sedile davanti, dove Gabriel e Aeric sembravano fare del loro meglio per guardare ovunque tranne che verso Rhys ed Echo.

L'imprinting era tra le cose più temute da molti mutaforma e Rhys si era improvvisamente trasformato in un perfetto esempio ambulante del perché. Mentre Gabriel tornava verso il garage sul retro della Villa, Rhys fu lasciato a riflettere sul fatto che gli istinti avevano avuto la meglio sulla sua razionalità per il momento. Nel futuro a venire, almeno finché non sarebbe stato in grado di sigillare l'imprinting marchiando Echo, sembrava che Rhys sarebbe stato dominato dai propri desideri e dalla preoccupazione per il benessere della sua compagna.

Frustrato da questo strano regalo del destino, Rhys strinse i pungi e si sforzò di fissare il mondo oltre il finestrino, cercando di mitigare la bestia che dominava il suo cuore. Quando uscirono dalla macchina Rhys aveva riacquistato il controllo. Anche se fu comunque sul punto di ringhiare ad Aeric quando l'altro Guardiano aveva cercato di aprire la porta di Echo, ma riuscì a reprimere il rumore, limitandosi ad un'occhiataccia.

"Ehm..." disse Echo quando attraversarono il vicolo coperto ed entrarono nella palestra. Si guardava intorno con trepidazione e Rhys ridacchiò quando si rese conto che la ragazza pensava che loro vivessero nella palestra.

"La casa è da questa parte", disse, posandole una mano

sulla schiena e guidandola attraverso la palestra. Non poté fare a meno di notare il brivido di Echo a quel contatto, anche se non era certo di cosa l'avesse causato. Probabilmente i nervi, anche se il suo livello di eccitazione poteva essere un indizio…

"Wow!", disse Echo quando entrarono nel cortile della Villa. Alzò la testa per ammirare l'enorme villa grigia, percorrendo con lo sguardo tutti i quattro piani. "È qui che *vivete?*"

"Se riesci a crederci", disse Rhys. "Gabriel l'ha comprata per i Guardiani".

"Aspetta", disse Echo, fermandosi e prendendo la mano di Rhys per attirare la sua attenzione. Anche quel minimo contatto portò Rhys sull'attenti e la cosa lo fece arrabbiare ancora di più con sé stesso. "Sei uno dei Guardiani?"

Lo guardò bene dalla testa ai piedi, i suoi occhi si soffermarono sulla spada e sulle pistole, e sembrò stesse mettendo insieme i pezzi del puzzle prima che Rhys potesse rispondere.

"Sì, da un anno".

"Ho sentito parlare di voi, ovviamente, ma pensavo che foste… una leggenda metropolitana", ammise Echo, scostandosi i capelli biondi dal volto.

"Siamo piuttosto veri", disse Rhys. Le sue labbra si sollevarono ai lati come se avessero una volontà propria. Un'altra strana sensazione nella lunga lista di strani avvenimenti. Rhys non sorrideva molto, preferiva concentrarsi sul suo dovere di Guardiano, visto che aveva perso il suo clan di recente.

Echo alzò lo sguardo verso di lui con ammirazione, un piccolo sorriso apparve sulle sue labbra piene. L'uomo sentì la lingua muoversi; prima che potesse rendersi conto di leccarsi le labbra, si stava inconsciamente preparando a baciarla. Il bisogno di sentire il suo sapore era quasi tangibile, una crescente tensione nei suoi muscoli, un fremito di desiderio celato a fondo nel suo corpo.

Echo fece un passo indietro, rompendo l'incantesimo.

"Oh, fico", disse, le parole sembrarono arrivare un po' troppo in fretta. "Scommetto che dentro è anche più bella".

Rhys colse il suggerimento e la guidò verso la porta posteriore, annuendo paziente mentre lei ammirava il soggiorno e la cucina. Provenendo dalla Scozia del 18° secolo, per Rhys quasi tutte le case in cui entrava erano relativamente belle. I gadget di lusso e gli arredi eleganti della Villa non lo impressionavano più di quando non facesse qualsiasi altra casa, ma si rendeva vagamente conto che l'ambiente era piuttosto ricco.

"Wow. Il mio appartamento entrerebbe in questa stanza tipo… tre volte", calcolò Echo.

Rhys la guardò sollevando un sopracciglio e accennò un sorriso.

"Dovresti vedere il resto", disse.

A quel punto apparve Mere Marie, ma con grande sollievo di Rhys, Aeric riuscì a distogliere la sua attenzione, prendendola da parte per riassumerle gli avvenimenti della giornata. Se la fortuna lo avesse assistito, Aeric avrebbe lasciato fuori la parte dove Rhys si era trasformato in un orso in preda alla frenesia andando in giro per le strade in pieno giorno. Fortunatamente per lui, la magia dei mutaforma gli aveva permesso di riavere i suoi vestiti intatti una volta tornato alla sua forma umana. Se fosse finito nudo, gli altri due Guardiani l'avrebbero preso in giro per una vita. Quando Gabriel gli lanciò uno sguardo impaziente, Rhys colse il suggerimento e guidò Echo verso l'atrio.

"Che ne dici di farlo ora il tour della casa?" suggerì, anche se praticamente la spinse fuori dalla stanza dirigendola verso le scale.

Echo gli permise di trascinarla sulle scale senza fare domande e Rhys ne fu molto grato.

"Allora, il primo piano è di Aeric. Il secondo è mio, il terzo è di Gabriel. Il quarto è di Mere Marie e Duverjay, sono sicuro che li incontrerai presto entrambi".

"Chi sono?" chiese Echo, mentre salivano la rampa che portava al secondo piano.

"Si potrebbe dire che Mere Marie è il capo, per mancanza di un termine migliore. Duverjay è il nostro maggiordomo, in un certo senso".

Echo annuì ma non commentò, a quanto pare teneva per sé i suoi giudizi. Quando lasciarono la scala per spostarsi sul ballatoio Rhys si rese conto che avrebbe dovuto stabilire delle regole per Echo.

"Il quarto piano è sempre off limits", le disse. Dopo un attimo di pausa aggiunse. "In realtà l'unico piano in cui dovresti salire è il secondo. Aeric e Gabriel non apprezzeranno la tua presenza nelle loro stanze".

Che fosse vero o no era discutibile, ma Rhys non poteva sopportare l'idea che Echo si trovasse nella stanza di un altro uomo, anche se si trattava di un uomo rude e disinteressato come Aeric.

"Va bene", disse Echo aggrottando la fronte. "Allora... immagino che questo mi dia accesso solo alla tua stanza, giusto?"

"Stanze, plurale, oltra a tutto il pianoterra, ovviamente" disse Rhys aggrottando un sopracciglio. "Sono solo circa... duecento ottanta metri quadri? Avrai molto spazio per muoverti".

Echo gli lanciò uno sguardo, ma non rispose mentre lo seguiva dal primo al secondo piano. Rhys aprì la porta e le fece cenno di entrare nel suo soggiorno personale. A sinistra della stanza si trovava un antico caminetto con una grandissima libreria che occupava tutta la parete. Davanti al caminetto c'erano due poltrone di pelle reclinabili e accanto un piccolo tavolino su cui erano adagiati due tomi rilegati in pelle, diverse bottiglie di scotch e un bicchiere.

La libreria era completata da un grande e pesante tavolo di quercia con due sedie dallo schienale alto. Sul tavolo erano sparsi una pila di fogli, penne e libri; era evidente che Rhys lo usasse spesso. Il tavolo si trovava davanti a una grande finestra panoramica, era la postazione perfetta per lavorare.

La parte destra della stanza era divisa equamente in una zona allenamento e una zona di lavoro più tecnica, c'era una scrivania con diversi schermi e altri gadget tecnologici. La parete a destra era divisa al centro da una porta e Rhys la aprì per Echo.

La condusse verso la sua camera da letto: era semplice e spartana. All'interno c'era un letto a baldacchino, un grandissimo armadio e due comodini. Anche in questa stanza c'era una spettacolare finestra panoramica, accanto alla quale si trovava un divanetto lungo su cui era possibile sedersi per ammirare il vivace traffico pedonale di Esplanade Avenue. Il divanetto era l'unico tocco più elegante nella stanza quasi vuota.

"Vieni pure da questa parte", disse Rhys, prendendo Echo per un gomito.

La scortò attraverso un'altra porta ed entrarono in un lussuoso bagno con una vasca idromassaggio e una doccia enorme. Era l'aspetto che Rhys preferiva del suo appartamento, soprattutto visto che le infinite docce calde erano una comodità che lui amava particolarmente del mondo moderno.

Procedendo verso l'ultima stanza, dall'altro lato del bagno, Rhys mostrò a Echo la camera degli ospiti. Consisteva di un letto matrimoniale dall'aspetto comodo, un piccolo armadio e un comodino. C'era anche una libreria piena di libri, nessuno dei quali scelto da Rhys; erano semplicemente parte dell'arredo. Accanto alla libreria c'era una bella sedia morbida e una abatjour; anche questi c'erano già quando Rhys si era trasferito.

Echo si guardò intorno con interesse. Guardò Rhys e scrollò le spalle soddisfatta.

"È carina", disse; dalla sua espressione non traspariva nulla.

"Sì, l'ho più o meno trovata così", ammise Rhys timidamente. "Se riesci a crederci, l'arredo non è proprio il mio forte".

Lei sorrise a quelle parole e lui sentì di nuovo quella forte attrazione nascergli dal petto e spingerlo verso Echo. Gli occhi di Rhys ammirarono la sua figura, partendo dalla chioma di capelli biondi e scendendo più giù, verso i suoi seni pieni e i fianchi generosi; infine, tornò a posare lo sguardo sulle labbra rosa di lei.

In quel momento per Rhys era quasi impossibile resisterle. Non era sicuro che fosse l'imprinting o solo pura e semplice chimica, ma quando Echo alzò lo sguardo su di lui i loro occhi si incontrarono e Rhys non poté distogliere lo sguardo. Ametista e smeraldo si scontrarono. Le dita di lui fremevano dalla voglia di toccarla. D'improvviso sentì la bocca secca al solo pensiero del suo sapore, Rhys era teso per ciò che poteva accadere, per la sola possibilità che la pelle di lei sfiorasse la sua.

Rhys notò che le guance di Echo si colorarono di rosa e per un folle momento pensò che lei provasse lo stesso per lui. Quell'attrazione, quell'innegabile e improvviso desiderio. La curiosità di Rhys cresceva ogni momento e le labbra di Echo si aprirono leggermente mentre avanzava con un passo incerto verso di lui.

Era stato un movimento impercettibile, ma fu più che abbastanza per segnare entrambi i loro destini.

Appena Rhys avanzò verso di lei Echo fece un paio di

passi indietro, spostandosi verso la porta. In un attimo le fu vicino tenendola ferma contro la porta; inspirava a fondo l'invitante odore di lei. Poteva ancora sentire il profumo di sole e fiori sulla sua pelle, ma ora c'era un leggero sentore di ansia ed emozione. Eccitazione, anche, ma questa senza dubbio era mitigata da tutte le altre emozioni che stavano passando per la mente di Echo al momento.

A Rhys non piaceva la sua incertezza. La bloccò sul posto con le braccia, prendendosi un momento per apprezzare la sua statura minuta mentre lei alzava il viso per guardarlo in faccia. Lui la osservò per diversi secondi, cercando di leggere le tante espressioni che si affacciavano nei suoi grandi occhi viola, ma la ragazza era un mistero troppo complesso perché lui potesse risolverlo in quel momento. La lingua di Echo scattò per inumidire il proprio labbro inferiore, la sua preoccupazione e il suo desiderio erano evidenti e Rhys non poteva aspettare oltre.

Prolungò il momento, voleva assaporare a pieno quel primo assaggio della sua compagna. Le scostò i capelli dal volto spostandoli dietro un orecchio. Poi con il pollice tracciò la linea del suo viso, e, notando di averla fatta rabbrividire, provò una nota di profonda soddisfazione maschile. Fece scorrere il pollice sotto il mento di Echo e le inclinò il viso verso di lui, chinandosi lentamente e lasciando che il suo respiro le carezzasse le labbra per un secondo prima di premerle contro le proprie.

Appena le loro labbra si toccarono qualcosa scattò dentro di lui, nel profondo del suo essere. Era un sentimento di tensione che veniva rilasciata; allo stesso tempo sentì che qualcosa un tempo libero dentro il suo essere veniva incatenato. Echo emise un suono lievissimo e si avvicinò a lui, fece scorrere le mani fino alle spalle dell'uomo e le intrecciò dietro al suo collo. Le labbra di Echo si mossero contro quelle di Rhys e si aprirono dolcemente, un evidente invito ad approfondire il bacio.

Rhys sentiva il sangue rimbombargli nelle orecchie, mentre stringeva una mano sul fianco di Echo e affondava l'altra tra i suoi capelli setosi. Il suo orso stava ruggendo, un suono feroce e soddisfatto che lo guidava a continuare. Il tempo si era fermato per un momento, ma ora stava accelerando.

La lingua di Rhys si mosse con quella di Echo, assaporandola a pieno. Lei rispondeva, le sue dita premevano alla base del collo di lui, dove i loro corpi si toccavano il suo seno scaldava la pelle dell'uomo. Rhys gemette nella bocca di lei quando i loro fianchi si sfiorarono e la sentì sussultare al sentire la sua virilità eretta e desiderosa.

A dire la verità, era così già dal primo momento in cui aveva posato gli occhi su di lei, ma il minimo tocco di Echo gli aveva fatto perdere la testa. Interrompendo il bacio, Rhys le inclinò la testa di lato per mordicchiarle l'orecchio, quasi lasciandosi andare completamente quando la sentì gemere per lui.

Incapace di fermarsi, affondò la bocca alla base del suo collo e la marchiò con le labbra e con i denti. Non era il marchio di un compagno, non senza che lei desse il suo consenso e che fosse cosciente di cosa stava accadendo, ma era sicuramente un indizio di quanto sarebbe accaduto in futuro. Spostò la mano libera sul seno di lei, trovando e stuzzicando il suo capezzolo turgido attraverso il vestito e il reggiseno. Ne esplorò la pienezza, compiaciuto dal suo peso rotondo e tracciò una scia di baci sulla sua clavicola scoperta.

Solo allora Rhys rallentò, rendendosi conto che sarebbe stato barbaro da parte sua scoparla e reclamarla come sua compagna senza che lei capisse cosa stesse succedendo. E se l'avesse posseduta qui e ora, piegata in due sul letto come immaginava, con Echo che urlava il suo nome mentre la scopava così bene che non avrebbe mai più guardato un altro uomo...

Beh, se avesse fatto una cosa del genere, non sarebbe stato in grado di fermarsi prima di reclamarla come sua. Qualcosa gli disse che Echo, una vera donna del mondo moderno, avrebbe fatto un'eccezione e si sarebbe fatta dominare così da Rhys. Lo avrebbe accettato, e presto, ma forse le serviva del tempo per abituarsi a lui.

"Rhys?" chiese Echo respirando a fondo mentre cercava di riprendere fiato.

"Io non...", Rhys si interruppe a metà frase, incerto sul come dire ciò che stava pensando. "Non voglio approfittarmi di te. Ci siamo appena incontrati".

Echo lo guardò con una tale confusione che lui si sentì quasi morire. Rhys fece un passo indietro e le prese una mano, tirandola verso il letto.

"Siediti con me", la invitò.

Il collo e il volto di lei stavano già arrossendo dall'imbarazzo; per questo quando si allontanò Rhys non ne fu così sorpreso.

"Io... devo andare", disse Echo voltandosi.

"Non puoi", disse Rhys, il piacere di poco prima stava scomparendo. "Non sei al sicuro. È per questo che sei qui, ricordi?"

"Non puoi trattenermi qui", ribatté lei, lanciandogli un'occhiata preoccupata.

Rhys avrebbe avuto molto da ridire a riguardo, ma si trattenne. Avrebbe anche potuto trattenerla lì, ma non lo avrebbe fatto.

"Voglio solo che tu sia al sicuro", le disse alla fine. "C'è ancora molto che non puoi capire. L'uomo che ti ha fatta rapire, Pere Mal, è molto pericoloso, Echo".

Doveva aver detto qualcosa di sbagliato perché Echo lo guardò accigliata.

"La sicurezza è relativa", gli disse con voce piatta. "Non c'è motivo per cui questo Pere Mal possa volermi. Non vivo neanche nel mondo dei Kith. Io… non posso restare qui. E, onestamente, non capisco neanche perché ti dovrebbe importare. Non ci conosciamo".

E anche se Rhys avrebbe voluto discutere con lei della cosa, non poteva. Aveva ragione sull'ultima parte e non era ancora pronto a parlarle così onestamente dell'imprinting. Ne aveva già passate tante quel giorno.

"Echo…", iniziò a dire, cercando di capire quali parole usare, ma lei era già diretta verso la porta.

Rhys aspettò un minuto cercando di calmarsi prima di correrle dietro, non voleva spaventarla davvero. Ma quando arrivò sul ballatoio, lei era già sulle scale. Prima che potesse arrivare al pianoterra la porta d'ingresso si era già chiusa con un tonfo.

Quando uscì, Echo era scomparsa.

6

ECHO

Echo scappò verso la fine dell'isolato, dal lato opposto della Villa e si girò indietro, mordendosi il labbro. La Villa stessa era ben protetta, tanto da essere indistinguibile dalla strada, perdendosi tra gli altri palazzi in modo da far distogliere l'attenzione di chi la guardasse. Era un incantesimo intelligente e ben fatto, abbastanza da non permettere a Echo di vederla, nonostante fosse appena uscita da lì.

Guardò con aria colpevole il punto in cui immaginava si trovasse la Villa, era in attesa dell'inevitabile. Rhys emerse un minuto dopo, guardandosi in torno con espressione preoccupata. Echo aveva lanciato un incantesimo su sé stessa per nascondersi alla vista, uno dei pochi incantesimi che conosceva a memoria e anche se Rhys avrebbe potuto *percepire* la sua presenza nella vicinanze, non sarebbe stato in grado di vederla.

Lo osservò con non poco divertimento mentre si affannava per la strada, attraversando un gruppo di giovani donne che si erano fermate per ammirarlo. Echo non poteva fargliene una colpa.

Rhys era quasi due metri di puri muscoli, i suoi capelli castani erano corti e la sua barba rossiccia era curata alla perfezione. Indossava ancora l'equipaggiamento tattico, anche se aveva tolto il giubbotto antiproiettile che indossava prima. I vestiti gli aderivano al corpo in tutti i punti giusti, mostrando la sua schiena muscolosa e i fianchi stretti. Echo non gli aveva ancora guardato il sedere, ma avrebbe scommesso che sarebbe stato glorioso come il resto del corpo.

La parte migliore era non aveva posato neanche un occhio sul branco di donne giovani e magre che lo fissavano senza neanche provare a nascondere il loro interesse. Rhys aveva solo una cosa in mente... e adesso era a pochi metri di distanza, tutto perché Echo aveva perso tempo a sbavargli dietro. A quel punto la ragazza trasalì e riprese a camminare velocemente, di nuovo toccata dal senso di colpa. Certamente appena fosse stata abbastanza lontana, Rhys sarebbe tornato indietro e l'avrebbe lasciata i pace. C'era una qualche connessione tra loro, questo era certo. Quella chimica che Echo aveva sentito era fuori da questo mondo, non aveva mai provato qualcosa del genere.

Le ricordava quasi il modo in cui sua madre le aveva descritto anni fa com'era stato incontrare il padre.

Amore a prima vista. Io lo guardai, lui mi guardò e sentimmo il bisogno di appartenere l'uno all'altra, le aveva raccontato la madre ridendo e arrossendo. All'epoca, la piccola Echo di soli quattro anni fece finta di vomitare, anche se era molto interessata alla figura misteriosa di suo padre.

Scuotendo la testa per allontanare quel ricordo, Echo si rese conto che doveva decidere dove sarebbe andata, invece che vagare senza una meta, diventando un facile bersaglio per l'uomo che l'aveva rapita in precedenza.

Pere Mal, pensò, ripetendo quel nome nella sua testa. Le suonava familiare, anche se non sapeva dire bene perché. Un mistero ancora maggiore era perché qualcuno avrebbe dovuto volere rapire proprio lei. Non era in rapporti con molti Kith, non passava molto tempo nel loro mondo, tranne per le visite settimanali al Mercato. Cavolo, pensò, faceva anche di tutto per attutire le sue abilità psichiche, bloccare i poteri in modo da vivere a testa bassa e avere una vita normale.

Sospirando si rese conto di muoversi come se avesse il pilota automatico, che aveva iniziato a guidarla verso casa sua in Mid-City. Se quel Pere Mal era sulle sue tracce, casa e lavoro sarebbero stati i primi due posti dove avrebbe cercato. Tornò sui suoi passi, evitando completamente la Villa, e si diresse di nuovo verso il Mercato. Aveva legato la sua bicicletta celeste vicino all'entrata che aveva usato prima e per andare dove era intenzionata non voleva essere a piedi.

Dopo essere salita in bicicletta, si diresse dalla parte opposta del Quartiere Francese, pedalando verso casa di sua zia Ella, nel quartiere di St. Roch. Tee-Elle, era così che Ms. Ella Orren era affettuosamente conosciuta da tutti coloro che incontrava, avrebbe avuto delle risposte per le domande di Echo.

C'era anche la possibilità che una fresca infornata dei migliori biscotti di praline e noci della città si stessero raffreddando proprio in questo momento nella cucina di Tee-Elle. Echo lanciò un'occhiata all'orologio e sorrise, erano le quattro e mezza, l'orario perfetto per trovare dei dolcetti a casa della zia.

Tee-Elle non era una parente di sangue, ma era cresciuta con sua madre. Essendo rispettivamente le due una vivace ragazza bianca e una ragazza di colore secchiona, le cui famiglie dividevano una villetta bifamiliare in cima al Nono Distretto, Candence Caballero e Tee-Elle Orren erano inseparabili.

Tee-Elle aveva aperto la propria casa a Echo dopo che i suoi genitori erano morti a sei mesi di distanza l'uno dall'altra. Tee-Elle era diventata la tutrice di Echo e la sua mamma adottiva dai sei anni in poi. Vent'anni dopo, era ancora il primo nome nella breve lista di amici e parenti di Echo.

La ragazza scese dalla bicicletta sul marciapiede davanti alla casa vivacemente decorata di Tee-Elle, un bungalow verde fluorescente. Portando la sua bicicletta fino al portico e legandola alla ringhiera. Tee-Elle era sicuramente una leggenda del quartiere, ma una bicicletta incustodita sarebbe sparita presto qui – non sarebbe servito a nulla un incantesimo per nasconderla.

Echo sollevò la mano per bussare alla porta di Tee-Elle, sul suo viso apparve un lieve sorriso nel vedere il cartello dipinto a mano: *New Orleans – Casa è dove si nuota*. Una piccola battuta famosa tra i locali sull'uragano Katrina, anche se erano passati dieci anni da quando la tempesta aveva preso la vecchia casa di Tee-Elle. Nulla poteva fermare la donna e niente l'avrebbe allontanata dal suo amato quartiere.

Prima che Echo potesse bussare alla malandata porta di alluminio, questa si spalancò. Tee-Elle la guadò raggiante, lasciandosi sfuggire una risata di felicità alla vista dell'amata nipote.

"Raaaagazzaaa!" La accolse Tee-Elle. "Era ora che ti facessi vedere a casa mia. Hai sentito l'odore delle praline, eh?" Echo rise e la abbracciò, lasciandosi contagiare dalla felicità della zia.

"Lo sai", disse Echo, lasciandosi trasportare dalla parlata familiare della donna. "È una vita che non mangio i tuoi biscotti".

Tee-Elle si girò e le fece strada in casa, il sorriso di Echo si allargò quando vide che era avvolta in una vestaglia arcobaleno con un'originale stampa zebra. La donna non indossava comuni vestiti, si avvolgeva in strati di tessuto e spesso legava le sue lunghe trecce grigie in una striscia di stoffa dai colori sgargianti, il che le dava un aspetto eclettico ed eccentrico.

Tee-Elle si diresse subito al frigo, ed Echo fu sconvolta nel vedere che la zia possedeva un nuovissimo ed enorme frigo a due ante. L'elettrodomestico aveva un aspetto mostruoso nella cucina vecchio stile e sembrava particolarmente enorme accanto alla donna, che nei suoi giorni migliori non raggiungeva il metro e cinquanta di altezza.

"Tee", disse Echo, arricciando il naso. "Che cos'è?"

Tee-Elle tirò fuori un cartone di latte, il preferito di Echo quanto era piccola, e lo posò sul tavolo facendole l'occhiolino.

"Non preoccuparti signorina. Tee-Elle va alla grande con gli affari", le disse Tee-Elle.

Echo lanciò un'occhiata al frigo e si chiese quante torte di pecan ci erano volute per comprare una cosa del genere. Non che fossero affari suoi, ma tutta la famiglia era curiosa all'inverosimile.

"Posso prendermelo io il bicchiere", disse Echo a Tee-Elle, che sbuffò e la spinse a sedere.

Echo trattenne una risatina quando la zia afferrò uno sgabello per prendere due bicchieri dalla credenza.

"Bene, allora", disse Tee-Elle, poggiando i bicchieri sul tavolo e sedendosi dall'altro lato rispetto a Echo. "Andiamo al punto. C'è qualcosa che ti preoccupa. Posso vederlo qui e qui".

Tee-Elle mosse la mano verso due punti dell'aura di Echo, lanciandole uno sguardo in attesa di spiegazioni. Prima che

Echo potesse iniziare a parlare, la donna lanciò un urletto e si alzò in piedi.

"Ho dimenticato i biscotti, piccola", Tee-Elle si rimproverò mentre prendeva il piatto di biscotti alle noci pecan appena sfornati da sopra la cucina. "Perderei la testa se non ce l'avessi attaccata al collo".

Echo rise e accettò un biscotto, lasciandosi scappare un verso di gioia mentre lo mordeva. Il delizioso biscotto alle noci pecan era dolce e zuccheroso e si sciolse sulla sua lingua, ci volle qualche minuto e un buon sorso di latte prima che potesse iniziare a parlare di quello per cui era venuta.

"Ok. Ho delle, ehm... domande sui Kith", disse Echo, tenendo gli occhi fissi sul biscotto invece di guardare la zia.

Tee-Elle rimase in silenzio per qualche secondo, la sua sorpresa era evidente.

"Certo, tesoro. Tutto quello che vuoi sapere, lo sai", Tee-Elle disse dopo essersi ripresa. "È solo che non ne hai mai voluto parlare prima".

Echo si morse un labbro, sapendo che la zia voleva solo essere cortese. Echo non aveva mai voluto saperne niente di magia, tollerava così poco l'argomento da non volere neanche parlare dei genitori. Solo negli ultimi anni la ragazza era arrivata a tollerare ciò li riguardava, e anche in quel caso ascoltava e basta, senza mai chiedere.

"Zia Ella, non arrabbiarti, ma penso di essere nei guai", confessò Echo, incurvando le spalle. "Però non so cosa ho fatto".

L'espressione di Tee-Elle si rabbuiò all'istante e si sporse per prendere la mano di Echo.

"Dimmi", la incalzò con voce ferma. "Non tralasciare niente, capito?"

Echo annuì e le raccontò la sua giornata, evitando di parlare dell'intensità dell'attrazione che provava per Rhys.

"Non so niente riguardo i Guardiani. Non sapevo neanche che fossero reali. E giuro di non conoscere nessun Pere Mal", concluse Echo.

Poiché Tee-Elle sembrava impallidire sempre di più ogni volta che Echo ripeteva quel nome, la ragazza fece una pausa e lasciò che fosse la zia a fare le domande.

"Prendi ancora il Manto di strega e le altre erbe che ti ho detto?" chiese Tee-Elle.

"In genere sì. Oggi ovviamente non ho potuto".

"Mi stavo chiedendo perché riesco a vedere così tanto colore intorno a te", disse Tee-Elle, guardando ancora una volta l'aura di Echo. "E questo qui, questo rosa e rosso... è nuovo. Il tuo Rhys deve essere molto speciale, eh?"

Echo arrossì, anche se era fin troppo vecchia per sentirsi imbarazzata per una cotta. Onestamente, Tee-Elle amava flirtare e sarebbe stata l'ultima persona a scoraggiare Echo dal passare del tempo con un uomo bellissimo. Eppure, Echo non riusciva a parlare dell'esperienza che aveva vissuto poco prima con Rhys. Aveva l'impressione di non avere le parole giuste per spiegare quello che era successo tra loro. Considerando che Echo aveva una laurea in letteratura inglese conseguita all'Università di Loyola, non avere le parole giuste per *qualcosa* era praticamente impensabile.

"Lui è speciale, sì", confermò Echo.

"Beh, almeno sei venuta nel posto giusto. Sai che proteggo molto bene la mia casa, il diavolo in persona non potrebbe entrare qui dentro senza il mio consenso", disse Tee-Elle incrociando le braccia. "Riguardo questa cosa con... il Pere... devo fare delle telefonate, sentire cosa hanno da dire direttamente da *Le Marché Gris*".

Tee-Elle aveva dei buoni agganci al Mercato Grigio, visto che a volte affittava uno stand per vendere i suoi dolci e alcuni gris-gris speciali quando riusciva a trovare i giusti ingredienti. Anche se Tee-Elle non aveva mai studiato abbastanza per diventare una sacerdotessa Voodoo vera e propria, era sempre stata molto potente e profondamente connessa a ciò che credeva e alla comunità magica.

"Nessuno può infastidire la mia piccola", la rassicurò Tee-Elle dandole una dolce pacca sulla mano. "Vai in sala e guarda un po' di televisione. Fammi fare delle telefonate".

"Grazie, Tee", disse Echo.

Prese un altro biscotto e il suo bicchiere di latte, poi lasciò da sola la zia a occuparsi di tutto. Nel giro di dieci minuti, Echo era sdraiata sul divano blu scolorito di Tee-Elle, sentiva le palpebre pesanti, il sonno indotto dai biscotti la stava cullando. Si era addormentata per qualche minuto, ma quando si svegliò il programma che stava guardando non era ancora finito. Si stiracchiò e sbadigliò, chiedendosi perché si fosse svegliata. Era ancora stanca morta, non aveva riposato abbastanza per avere voglia di alzarsi.

Sentì un rumore, un lieve scricchiolare. Aggrottando la fronte, Echo si sedette e cercò di riprendersi dallo stupore. Lo sentì nuovamente, sembrava il ramo di un albero che grattava la porta d'ingresso in alluminio. Solo che la porta d'ingresso era aperta, era chiusa solo la zanzariera per tenere fuori gli insetti. Non solo, ma nel giardino davanti casa di Tee-Elle non c'erano alberi.

Il cuore di Echo iniziò a battere forte mentre si alzava e si dirigeva verso la zanzariera. Un figura scura aleggiava davanti all'ingresso; nel vederla fece un salto e lanciò un urlo portandosi le mani al petto. Un secondo dopo la figura si voltò verso di lei ed Echo rilasciò un enorme sospiro di sollievo.

"Antoine! Mi hai spaventata a morte!" Echo rimproverò il cugino. Alto, dalla pelle chiara e affascinante, Antoine era l'esempio perfetto di tutti gli uomini della famiglia di Tee-Elle. Poiché era un nipote di secondo grado, Antoine non trascorreva molto tempo a casa sua, ma Echo era felice di vederlo.

Restò sul portico a fissarla per un lungo momento ed Echo iniziò a chiedersi se Antoine avesse di nuovo ricominciato a fumare erba. Il suo solito sorriso ampio e i suoi modi affabili erano scomparsi, sostituiti da qualcosa che non le piaceva molto.

"Vieni dentro o no?", gli chiese Echo, lanciandogli uno sguardo scettico.

"Entro", ripeté lui. "Sì, sì".

"Antoine stai bene?", gli chiese, il cuore aveva iniziato a batterle all'impazzata.

"Sì, sì", disse di nuovo il ragazzo. I suoi occhi color cioccolata erano lucidi, sembrava avesse la febbre, mentre si avvicinava Echo cominciò a sentire che c'era qualcosa di completamente sbagliato nella situazione.

"Tee-Elle?" chiamò Echo. "Tee, puoi venire?"

Antoine gelò sul posto, la sua espressione mutò in rabbia.

"No, Tee-Elle", sibilò il ragazzo, le sue parole suonavano strane e sconnesse. "Te ne pentirai, strega".

"Che cavolo, Antoine?" disse Echo, sempre più spaventata.

Antoine si voltò e aprì di nuovo la zanzariera. La sua bocca era aperta in un urlo silenzioso, non emetteva alcun suono. Invece, una nebbiolina rosso scuro gli uscì dalla bocca con un movimento sinuoso e si dissolse nell'aria. Echo sobbalzò nel vedere che la nebbiolina attivava gli incantesimi di protezione della casa, tracciando intricate linee con ogni magia e incantesimo che toccava. La nebbiolina rossa fece bruciare gli incantesimi, creando scintille luminose e fumo mentre distruggeva l'operato di Tee-Elle.

"Oh, cazzo", disse Echo, girandosi e correndo in cucina. "Tee-Elle!"

Quando arrivò in cucina era troppo tardi. Un uomo

dall'aspetto familiare che indossava un completo scuro stava trascinando il corpo privo di sensi di Tee-Elle fuori dalla porta sul retro. Echo urlò, rendendosi conto di aver portato i suoi assalitori dalla propria famiglia. Corse dietro Tee-Elle sperando di non avere appena firmato la condanna a morte di tutti loro.

7

RHYS

"Eccola. È quella", disse Gabriel, indicando una piccola casa alla fine dell'isolato.

Rhys aveva già gli occhi puntati sulla casa, un compito semplice visto che sul prato e sul portico c'erano almeno dieci uomini vestiti in completo scuro che stavano combattendo contro le streghe e gli stregoni del luogo.

"Vista", disse Rhys, cercando di ignorare la paura che gli attanagliava lo stomaco. Rhys non era abituato a quel tipo di paura, poteva quasi sentirne il sapore sulla lingua ed era amaro come il fiele.

"Sembra che siamo in ritardo per la festa".

Gabriel alzò gli occhi dallo specchio e sbatté le palpebre, cercando di concentrarsi sul presente. Rhys lo lasciò indietro perché si riprendesse, Aeric era alle sue spalle mentre correvano verso la caotica battaglia.

"Non la vedo", sussurrò Rhys verso Aeric, sapendo che

l'udito dell'altro Guardiano avrebbe colto le sue parole silenziose.

"Eccola", disse Aeric, facendo un cenno con la testa verso la porta d'ingresso della casa.

Echo uscì correndo, solo per essere afferrata da un estraneo biondo e dal fascino inquietante. L'uomo la afferrò per il braccio e la tirò a sé. Il sussulto spaventato di Echo ebbe effetto anche su Rhys, che ebbe l'impressione di ricevere un calcio allo stomaco.

Avvicinandosi, Rhys sentiva il cuore battergli all'impazzata per un motivo completamente diverso. L'uomo che stringeva Echo era attraente in modo disumano, la sua pelle aveva un tono leggermente rosato.

"Merda, è un incubus", osservò Rhys.

I due guardiani si scontrarono con gli uomini vestiti di nero sul cortile davanti la casa, Rhys era distratto mentre lottava, cercava di non perdere di vista Echo. I Guardiani cercavano sempre di evitare vittime durante i loro scontri, ma se Echo fosse rimasta ferita Rhys non avrebbe esitato a uccidere pur di arrivare a lei.

Rhys stese uno dei suoi assalitori e si lanciò su quello successivo, rabbrividendo mentre l'incubus trascinava Echo in casa e le dava un lungo e profondo bacio. Sentì il sangue ribollirgli nelle vene e mise fuori combattimento altri due avversari facendosi strada verso il portico. Più si avvicinava alla sua compagna, più grande era il numero di assalitori che sembrava materializzarsi dal nulla, saltavano anche fuori dai tombini per tenere lontani Rhys e Aeric. Con la coda dell'occhio Rhys vide Gabriel unirsi allo scontro.

Sul portico, il corpo di Echo si lasciò andare mentre l'incanto seduttorio dell'incubus aveva la meglio. L'incubus iniziò a brillare, la sua pelle diventava sempre più rosa, mentre assorbiva l'energia di Echo. Il bacio si faceva sempre più intenso e Rhys sentì il suo orso raspare per emergere.

La mutazione iniziò senza che Rhys ne avesse intenzione, era troppo distratto per controllarla. Pochi attimi dopo si era trasformato in un grizzly di due metri che agitava le zampe per togliersi di mezzo due dei cattivi abbastanza stupidi da non scappare non appena lo videro.

Mentre Rhys cacciava via un altro dei suoi assalitori, vide che le cose sul portico erano cambiate. Echo era completamente tesa e sembrava aver ribaltato le carte in tavola per l'incubus, in qualche modo era lei a sottrarre energia a *lui*. Rhys non aveva mai visto una cosa del genere, soprattutto quando vide Echo liberarsi dall'uomo e spingerlo via con una mano, accecandolo con un raggio di luce e del fumo.

Cadendo a quattro zampe Rhys iniziò a muoversi verso di lei ma qualcosa lo fece inciampare. Sentì un dolore al fianco e guardando indietro vide che uno degli scagnozzi di Pere Mal lo aveva colpito con un pugnale. Il braccio dell'uomo si mosse, voleva pugnalarlo di nuovo. Rhys emise un ruggito di rabbia e strappo via il pugnale dalla mano dell'uomo, artigliandolo e mettendolo fuori gioco, per assicurarsi che non fosse più un pericolo. Dopo qualche momento Rhys sbatté gli occhi, si sentiva svenire. Le zampe posteriori gli cedettero e non riuscì a muoverle di nuovo.

"Rhys?"

L'uomo girò la sua enorme testa finché non vide Echo in piedi a pochi metri da lui; gli occhi della ragazza fissavano la ferita. Lui si lasciò sfuggire un grugnito, anche se non era sicuro di cosa stesse cercando di dirle.

"Sei tu, vero?" gli chiese Echo.

Rhys annuì. Echo lo sorprese avvicinandosi a con sicurezza e posandogli una mano sulla spalla, nel tentativo di confortarlo. Il loro legame doveva essere molto forte, oppure, Echo era semplicemente fuori di testa.

"Sei ferito", disse accovacciandosi per esaminargli il fianco.

"Cazzo", disse Gabriel unendosi alla ragazza. "Non posso usare la magia ora, ho esaurito le energie per cercarti. Non posso ancora guarirlo. Dobbiamo riportarlo a casa".

Rhys si guardò intorno, sorpreso di vedere che nel giardino non c'erano più cattivi.

"Non possiamo spostarlo", disse Aeric arrivando di corsa. "Dobbiamo fermare il sangue prima".

"Ragazzi..." disse Echo.

"Dobbiamo portarlo via ora, prima che arrivino altri scagnozzi di Pere Mal", ribatté Gabriel.

"No, potremmo ucciderlo", disse Aeric alterato.

"Ragazzi..." ripeté Echo.

Aeric e Gabriel continuarono a discutere, ma Echo gli voltò le spalle e posò le mani aperte sulla ferita di Rhys. "Potrebbe farti male".

Rhys si limitò ad annuire di nuovo. Si fidava di lei, anche questa era una novità per lui. Non era il momento di preoccuparsi degli effetti del loro legame, avrebbe potuto pensarci dopo.

Echo si morse il labbro e chiuse gli occhi per concentrarsi. Le sue mani aperte emettevano un lieve bagliore bianco che si fece sempre più intenso finché non toccò la pelliccia di Rhys. Appena la luce toccò la sua pelle Rhys emise un gemito di dolore. Fu come se migliaia di schegge di vetro lo stessero trafiggendo, spingendo e tirandogli pelle, affondando fino alle ossa.

Dal dolore emerse anche qualcos'altro. Anche se la sensazione della pelle che si ricuciva era preponderante, poteva sentire una seconda presenza dentro di sé, simile a ciò che aveva provato quando si era unito al suo orso.

Rhys si concentrò su quella sensazione, testandola ed esaminandola per un lungo momento, prima di rendersi conto che proveniva proprio Echo. Curandolo si era unita a lui in un modo così profondo e sottile da metterlo a disagio.

Anche con gli occhi chiusi, poteva percepire ogni suo movimento. Quando esplorò la sua presenza con la mente ricevette delle visioni fugaci di Echo in altre situazioni: Echo da adolescente mentre abbracciava una strega minuta e dalla pelle scura, il suo cuore traboccava di amore famigliare; una versione molto giovane di Echo, poco più che bambina, mentre posava dei fiori su una tomba e con gli occhi fissi sull'angelo che la vegliava, i suoi occhi violetti colmi di lacrime; Echo poche ore prima, con il cuore che le batteva forte nel petto nel vedere Rhys per la prima volta, trascinata verso di lui da una strana forza.

La luce proveniente dalle mani di Echo vacillò e Rhys era troppo distratto per trattenere l'urlo di dolore mentre il potere guaritore di lei si concentrava sulla parte peggiore della ferita. Il collegamento più profondo si era interrotto, Rhys si chiese se lo aveva sentito mentre esplorava il loro legame.

Echo perse un momento la concentrazione e gli lanciò un'occhiata per scusarsi, poi iniziò di nuovo. Rhys gemette ma tenne per sé la maggior parte del dolore, per paura che Gabriel e Aeric potessero interferire. Non avevano modo di sapere che Echo era improvvisamente diventata il centro del suo universo, che si fidava più di lei che di loro, nonostante la conoscesse solo da poche ore.

Ad essere onesti, non aveva senso. Ma al momento non poteva e non voleva pensarci, non mentre Echo stava facendo su di lui qualcosa di così incredibilmente doloroso.

Si concentrò per restare fermo e in silenzio e dopo un minuto Echo finì.

Rhys cercò di muoversi un po', sussultando all'intenso dolore che ancora provava, ma sentiva che la ferita era per lo più guarita. Focalizzò i suoi pensieri all'interno e si sforzò di mutare, concentrandosi per assicurarsi che la sua forma umana fosse intatta, completa di vestiti e armi. Un mutamento distratto portava spesso ad essere nudi e ricoperti di vergogna, e Rhys non era dell'umore al momento. Era terribilmente stanco.

Gabriel si avvicinò per vedere come stava Echo, aiutandola ad alzarsi mentre Aeric aiutava Rhys.

"Eccola!"

All'istante si voltarono tutti verso la strada, dove altri cinque scagnozzi in completo scuro stavano correndo verso di loro. Aeric e Gabriel iniziarono a spingere indietro Rhys ed Echo, ma la ragazza si dimenò spingendo via Gabriel.

"No! Basta!" disse lei, scostando indietro la sua chioma bionda. Spinse le mani davanti a sé e tirò indietro la testa rilasciando un'enorme onda di potere. Questa volta la luce era arancione, non era il potere curativo bianco che aveva usato su Rhys.

Ognuno degli uomini che si stava avvicinando vacillò e cadde al suolo, immobile.

"Ma cosa...", iniziò a dire Rhys, ma si interruppe quando vide Echo svenire. Era semplicemente collassata, come una marionetta a cui erano stati tagliati i fili, ogni centimetro del suo corpo era rilassato e senza vita. Rhys dovette lanciarsi per afferrarla ed evitare che sbattesse la testa per terra, atterrò insieme a lei in un salto sgraziato.

L'uomo guardò in alto verso Gabriel e Aeric, i due fissavano i corpi degli uomini che giacevano a terra. Una Toyota rossa tutta malandata entrò nell'isolato, fermandosi alla vista dei cinque corpi senza vita. In tipico stile di New Orleans l'autista invertì la marcia e si allontanò senza neanche una parola.

Aeric e Gabriel si guardarono e sospirarono, poi iniziarono a togliere i corpi dalla strada, spostandoli sul giardino opposto a quello in cui si trovavano Rhys ed Echo. Dopo averli legati, Aeric tornò indietro e si fermò accanto a Rhys.

"Vado a controllare la casa, per accertarmi che non ci siano feriti o morti", disse Gabriel, dirigendosi al bungalow.

"Io dovrò aiutarti con la tua donna", gli disse Aeric e il suo sguardo ammonì Rhys di non ribellarsi.

L'uomo annuì e Aeric prese Echo tra le braccia, tirandola poi sulla propria spalla come se fosse un sacco di patate. Lei non mosse un muscolo, il che portò la paura di Rhys a nuovi livelli.

"Stai attento", ringhiò verso Aeric, che si limitò a guardarlo con un'espressione neutra e ad aggiustare la posizione di Echo sulla propria spalla.

"Bene", disse Gabriel quando fece ritorno. "La casa è vuota. Però Rhys, ci sono delle foto della tua ragazza sul frigo. Deve essere corsa direttamente qui".

Rhys annuì, chiedendosi perché la casa fosse così vuota. Se Echo era venuta a fare visita a un conoscente o famigliare, dov'era il proprietario della casa ora?

Gabriel accostò il SUV accanto a lui e aiutò Rhys a mettersi in piedi. L'uomo salì per primo e accettò il corpo privo di sensi di Echo dalle braccia di Aeric, tenendola stretta mentre facevano ritorno verso la Villa. Ogni fibra del suo corpo fremeva dalla possibilità di toccarla, anche se era preoccupato per il suo stato di salute.

Mentre tornavano le controllò il polso e sentì che era normale. Da quel momento in poi, Rhys concluse che doveva aver esaurito completamente le energie per via della magia, succedeva quando una strega usava grandi quantità di energia dalla propria fonte interiore. L'energia magica in genere veniva estratta da una fonte naturale, anche da un oggetto mistico come la pietra di potere sepolta nel giardino posteriore della Villa. Poteva anche essere ottenuta dominando l'energia di un fenomeno naturale come una grande cascata, o da risorse oscure come un sacrificio rituale. L'offerta del sangue di qualcuno o anche peggio. Echo doveva aver usato una grande quantità di energia che serbava dentro di sé, esaurendola completamente, perché non mosse un muscolo per tutto il percorso di ritorno alla Villa. Gabriel si era offerto di aiutare Rhys a portarla al piano di sopra, ma lui declinò. L'aveva appena ritrovata e già era riuscito a perderla quasi per sempre una volta. Rhys aveva bisogno di contatto, doveva tenerla vicino a sé e non voleva condividere il privilegio con nessun altro.

Non quella notte, e se ci fosse riuscito, non sarebbe accaduto mai.

Finalmente Echo si mosse mentre Rhys le toglieva le scarpe e la metteva sotto le coperte. Lei socchiuse gli occhi e cercò di mettere a fuoco Rhys.

"Tu stai… bene…" biascicò. "Non sei ferito…"

Rhys si sedette sul letto accanto a lei lasciando andare un sospiro, poi le scostò la chioma bionda dal viso portandole una ciocca dietro l'orecchio. Il suo orso stava lottando per emergere, voleva toccarla, assaporarla. Reclamarla come sua.

L'orso era uno stronzo che non sapeva leggere le situazioni e quella sera sarebbe rimasto insoddisfatto.

"Non sono ferito, grazie a te", disse Rhys guardando Echo.

"Bene".

Gli occhi di lei iniziarono a chiudersi e Rhys pensò che si sarebbe addormentata di nuovo. Lo sorprese cercando di alzarsi un po', spalancando gli occhi.

"Tee-Elle", disse, dalla sua voce traspariva la preoccupazione che provava. "Dov'è Tee-Elle?"

Rhys non sapeva come rispondere.

"Non so chi sia, piccola".

"Eravamo a casa sua", disse Echo. Rhys poteva vedere lo sforzo che stava facendo Echo per parlare con voce chiara, la spinse dolcemente indietro per farla sdraiare.

"Rilassati. È una tua amica?" le chiese.

"È mia zia", disse Echo, le parole erano un lieve

singhiozzo. Le labbra le tremavano e i suoi grandi occhi violetti erano pieni di lacrime.

"Va bene. Va tutto bene. Ora vado a prendere Gabriel e Aeric, loro troveranno tua zia. Non preoccuparti, piccola".

Echo lo studiò per un lungo istante, poi annuì. Una parte di Rhys era felice che lei si fidasse al punto da permettergli di prendersi cura di cose che al momento non poteva gestire. Le passò un dito sulla guancia e si allontanò prima di essere tentato di cercare altro calore e dolcezza.

Dopo aver avvisato Aeric della situazione Rhys si tolse gli stivali e i pantaloni della divisa e si infilò nel letto accanto a Echo. Non poté resistere e la attirò a sé inalandone odore dolce e ammaliante, mentre i suoi occhi si facevano troppo pesanti per tenerli aperti.

Rhys si lasciò andare a un sonno buio e profondo, senza sogni.

8

ECHO

Svegliati, tesoro... Svegliati...
Echo, tesoro, sveglia...
Echo riprese coscienza svegliandosi da un dolce sogno. Un sogno in cui baciava con passione un alto, misterioso e affascinante straniero, qualcuno che le faceva fremere di piacere ed eccitazione tutto il corpo. Un sogno a cui non era felice di porre fine.

Aggrottò la fronte, non era ancora pronta ad aprire gli occhi e affrontare il mondo. Come poteva essere venuto in mente a Rhys di svegliarla dopo che aveva esaurito tutte le forze per proteggerlo?

E poi, come gli veniva in mente di chiamarla *tesoro*?

Quando Echo aprì finalmente gli occhi si ritrovò in una stanza buia. Ci mise diversi secondi a capire che si trovava nella camera di Rhys e il cuore le balzò in gola, quando voltò la testa e lo trovò sdraiato accanto a sé. Non poté fare a meno di alzare la pesante coperta e guardarci sotto, quando scoprì che lui indossava ancora la maglietta e i boxer non era sicura se esserne più sollevata o delusa.

Facendo ricadere il piumone, Echo sentì una vampata di vergogna per aver sbirciato Rhys nel sonno. Anche se non aveva visto granché, non aveva dubbi che ogni centimetro del suo corpo fosse incredibile.

Si raggelò, quando notò un movimento all'angolo della sua visuale era un lieve barlume spettrale. Echo voltò la testa molto lentamente e si lasciò quasi sfuggire un urlo, quando vide l'unico fantasma che non si sarebbe mai aspettata. Accanto al letto di Echo fluttuava, con la fronte aggrottata per la preoccupazione, il fantasma di Cadence Caballero, sua madre.

La bocca di Echo si spalancò in una O di sconcerto. Tra le centinaia di fantasmi che Echo aveva incontrato, alcuni solo una volta altri più e più volte, la madre non aveva mai fatto la sua apparizione. Non importava quando lo desiderasse Echo a tredici anni, non aveva mai sentito neanche un lieve sussurro da sua madre dopo la sua morte.

"Echo", sussurrò la madre. "Echo, tesoro".

"Mamma?" disse Echo con un sussulto, coprendosi subito la bocca con la mano. "Sei tu?"

Cadence era proprio come la ricordava Echo, i suoi folti capelli biondi legati in una treccia e dei piccoli riccioli che le incorniciavano il viso. Nonostante la sua faccia fosse ben definita, il resto del corpo era distorto e vago, come se Echo la vedesse da molto lontano. Doveva trovarsi molto in profondità nell'altro mondo, ed Echo immagino che si stesse sforzando molto per oltrepassare il Velo.

"Echo, io non..." Cadence scomparve per un momento, Echo si lasciò quasi sfuggire un gridolino quando riapparve, la sua immagine era più nitida.

"Mamma", disse Echo di nuovo, non sapendo cos'altro dire. "Shhhh".

Echo si alzò dal letto e invitò sua madre a seguirla fuori dalla stanza e attraverso le altre camere. Nella camera degli ospiti chiuse la porta e si voltò ad affrontare la madre.

"Possiamo, uhm… parlare qui, immagino", disse Echo. Avrebbe voluto avere l'occasione di prepararsi a questo momento, ma aveva da tempo rinunciato all'idea di mettersi in contatto con la madre.

In genere con i fantasmi si limitava a lasciarli parlare. Le loro vite e problemi non influenzavano minimamente la vita di Echo, quindi non c'era niente di male nel lasciarli sfogare e ascoltarli annuendo. Con sua madre, invece… Cosa avrebbe dovuto dire al fantasma di sua madre?

"Non ho molto tempo", disse Cadence, lanciando uno sguardo supplichevole a Echo. "Devi ascoltare. Sei in pericolo, tesoro".

"Lo so, Mamma. Oggi mi hanno attaccata due volte", disse Echo, cercando di ignorare l'intreccio di emozioni che sentiva in petto.

"Devi essere protetta a tutti i costi. Tu sei la Prima Luce, tesoro".

Echo restò un attimo perplessa e confusa.

"Che cos'è la Prima Luce?" chiese.

"Tua zia Ella e io facevamo ricerche sull'eredità i Baron Samedi, solo per scherzo. Solo che Tee-Elle ed io eravamo troppo potenti. Abbiamo scoperto più di quanto avremmo dovuto; tra le altre cose, abbiamo scoperto i luoghi nascosti in cui Baron aveva celato i segreti per aprire il Velo".

Echo arricciò il naso, non capendo ciò che la madre cercava di dirle.

"Mamma, non capisco".

"Siamo rimaste coinvolte in qualcosa di più grande e più potente di noi, senza riuscire a capirlo. Siamo entrate in contatto con Baron Samedi in persona e lui era furioso che avessimo scoperto il suo segreto. Nascose di nuovo i segreti del Velo, ma questa volta dentro tre persone, invece che tre luoghi. Le Tre Luci, così vi ha chiamato".

La bocca di Echo si aprì e chiuse diverse volte, il suo cervello faceva fatica a capire. La madre non era lì per ammonire la figlia dei pericoli. Cadence era lì per rivelarle che proprio lei, il suo corpo, era una sorta di segreto talismano Voodoo e che questo segreto doveva essere protetto.

Echo si mise a ridere. Ovviamente sua madre non sarebbe apparsa lì solo per lei dopo tutto questo tempo.

"Giusto. Quindi se vengo catturata il Velo sarà in pericolo. Il che vuol dire che tu sarai in pericolo, vero? Ho ragione?" chiese Echo, assottigliando gli occhi.

La bocca della madre si incurvò verso il basso.

"Non è per questo che sono qui".

"Quindi tu hai fatto casino con delle cose che non capivi, e ora io sono in pericolo di morte perché Pere Mal sa che posso... Fare cosa, esattamente?" chiese Echo.

Cadence sembrò prendersi un secondo per rimettere in ordine le idee prima di rispondere.

"La Prima Luce conduce alla Seconda e poi alla Terza. Con le tre luci a disposizione una strega abbastanza potete potrebbe aprire il Velo. Sarebbe la fine del reame umano e di quello spirituale così come li conosciamo", disse la madre di Echo.

"Non sembra una cosa buona per te", disse Echo con tono amaro.

"Sarebbe un male per tutte le anime, Echo, sia per i vivi che per i morti". La ragazza rifletté un momento.

"Come sapevi che era ora di apparire?" le chiese.

Cadence fece una faccia irritata.

"C'è una rete di informatori da questa parte, proprio come nella tua. Quando hai lasciato andare al massimo i tuoi poteri oggi hai causato un'onda. Ci sono molte creature dalla mia parte che tengono le orecchie attaccate al muro, per così dire, in attesa che appaia qualcuno come te. Impiego molte risorse per seguire le tue tracce, Echo. Sei solo fortunata che sia venuta da te prima che lo facessero altri".

"Onestamente, non so neanche come fai a essere qui. Le difese della villa sono forti", disse Echo.

Cadence si addolcì un po', come se stesse ricordando qualcosa.

"Tu lo hai dimenticato. Ero abbastanza forte, Echo. Lo sono ancora, a modo mio. Hai preso da me i tuoi poteri".

Echo colse l'opportunità al volo.

"E cosa ho preso da mio padre? Chi era lui, Mamma?"

Cadence scosse la testa.

"Non è nel tuo destino saperlo, tesoro. Non è nessuno, non è importante. Non lo conoscerai mai, Echo". La ragazza si arrabbiò.

"Allora questo è tutto? Sei venuta fin qui per dirmi che sei potente, che sono una specie di chiave per il regno degli spiriti e che dovrei semplicemente… cosa? Stare attenta? Se venuta per questo?"

"No. C'è dell'altro", disse Cadence. "Ho visto l'uomo che era al letto con te. Devi stare attenta, Echo. Se darai via il tuo cuore, darai via il tuo potere. È proprio così che sono morta, cercando di salvare il tuo stupido padre". Echo si irrigidì a quella minima informazione sui genitori.

"Dimmelo", sussurrò.

"Tuo padre ha cercato di combattere contro Baron, per estrarre la Luce dal tuo corpo. Sei quasi morta e lui è stato risucchiato oltre i Cancelli di Guinee", disse Cadence, la sua voce si faceva sempre più dura, mentre ricordava con rabbia. "Io l'ho seguito, pensando di essere abbastanza forte per salvarlo, che il nostro amore fosse un'ancora abbastanza forte. Tuo padre è il motivo per cui non ero accanto a te la notte per farti addormentare, Echo. Ci ha separate".

Echo fece un passo indietro, sorpresa dall'ira della madre. Prima che potesse rispondere, Cadence continuò con la sua invettiva.

"Echo, se le forze oscure di prenderanno troveranno le altre due Luci. Se metteranno le mani su di te, ti perderò per sempre e perderò anche Tee-Elle. Il mondo sarà distrutto. Devi…"

La bocca di Cadence continuò a muoversi per qualche istante, ma non usciva alcun suono. Guardò Echo per un momento, la sua espressione si fece triste. Lanciò un bacio alla figlia e poi si dissolse in una lieve nebbia, scomparendo alla sua vista.

La ragazza sedette sul letto, cercando di mettere ordine in ciò che aveva appena scoperto. Al di là dei sentimenti che provava per la madre, niente di tutto ciò aveva un senso. Aveva bisogno di risposte; doveva trovare Tee-Elle.

Echo si infilò sotto le coperte nel letto degli ospiti, cercando di trovare consolazione nel sonno. Era ancora esausta dal giorno prima e il suo corpo voleva dormire, ma la mente non aveva pace. Dopo un'ora passata a rigirarsi nel letto uscì dalla camera degli ospiti e tornò in quella di Rhys, infilandosi sotto le coperte accanto a lui.

Lui rispose ancora addormentato avvolgendole un braccio intorno alla vita e avvicinandola a sé. Echo si lasciò cullare dal suo calore e dal suo inebriante odore maschile e riuscì ad addormentarsi nuovamente.

9

ECHO

Echo non era mai stata così tesa in tutta la sua vita, ed era per lo più colpa della presenza di Rhys nella sua vita e nel suo letto la notte.

Erano passati tre giorni da quando i Guardiani l'avevano salvata per ben due volte e lei aveva già scoperto moltissimo su di loro. Per esempio, si poteva dire che Rhys era il loro leader, in parte perché nessuno degli altri due era abbastanza stabile. Secondo Rhys, Gabriel era incline alla depressione e alla maniacale ricerca magica, e in quei momenti poteva scomparire anche per giorni. Aeric, invece, era solo paranoico, lunatico e fin troppo diretto, senza contare che aveva dei seri problemi nei rapporti con gli esseri umani. Soprattutto se si trattava di estranei.

Echo aveva anche scoperto che i tre avevano orari ben diversi, ma in genere seguivano una routine collettiva che girava intorno alla sorveglianza di diversi luoghi frequentati da Kith in cui era possibile che si verificassero disordini. Ognuno di loro lavorava ogni tre notti, pattugliando il Quartiere Francese, tre dei cimiteri più sacri, Congo Square, e altri luoghi di potere.

I due uomini che non erano di pattuglia erano responsabili di rispondere a qualsiasi incidente o chiamata d'emergenza in cui erano coinvolti Kith, Echo paragono la loro attività a una specie di Pronto Intervento del paranormale. Sedavano risse, indagavano su crimini maggiori e si occupavano di demoni e Kith che cacciavano altri esseri viventi.

Echo fu molto sorpresa di scoprire che Rhys era molto rigido e rigoroso riguardo alla sua routine giornaliera, alzandosi molto presto tutte le mattine per allenarsi o battersi con Gabriel o Aeric. Nei giorni successivi Echo li vide raramente, dato che le azioni di Pere Mal stavano causando disordini in tutta la città, facendo in modo che lievi disordini si diffondessero in tutta New Orleans. I Guardiani erano impegnati nel rispondere a chiamate per la maggior parte del tempo, lasciando Echo ad esplorare la villa e a interrogare Duverjay riguardo il loro lavoro.

Si era svegliata da sola nel letto di Rhys nel suo primo giorno alla villa, scoprendo che Duverjay aveva riempito l'armadio della stanza degli ospiti con vestiti di ogni tipo, ma anche scarpe e molto altro, il tutto nella sua taglia. Quella notte aveva provato a dormire nella stanza degli ospiti; tuttavia si era svegliata alle quattro trovandosi avvolta nell'abbraccio di Rhys, che russava lievemente. Visto che a quanto pareva non faceva bene a nessuno dei due dormire in stanze separate, Echo iniziò a dormire nel letto di lui, ma non avevano avuto un momento tranquillo per discutere di... praticamente nulla.

Al terzo giorno Echo aveva urgente bisogno di parlare con Rhys. Ad essere onesti, stava diventando ossessionata da lui, ma non capiva davvero la natura di quelle pulsioni, né il loro significato. Anche lui provava lo stesso? Era solo il fato o una strana questione legata agli orsi mutaforma? E che ne era di Tee-Elle, i Guardiani avevano fatto dei progressi nelle ricerche? Duverjay era taciturno e di poco aiuto riguardo l'argomento, quindi Echo sapeva di dover prendere Rhys in un angolo e chiedere a lui.

Dopo una piacevole lunghissima e calda doccia, per lavarsi via di dosso un po' dell'imbarazzo nel condividere il letto con un completo sconosciuto, Echo indossò una soffice maglietta bianca e un paio di jeans aderenti. Si diresse al pianoterra per fare colazione, ricordando l'incredibile omelette che le aveva preparato Duverjay il giorno precedente. Trovando il pianoterra vuoto, si avventurò verso la palestra.

Niente avrebbe potuto preparare Echo alla vista dei tre guardiani senza maglietta e molto sudati mentre si caricavano l'un l'altro con spade di legno da allenamento. Li guardò per qualche minuto, divertita da ciò che si dicevano per provocarsi e prendersi in giro, poi Rhys notò la sua presenza.

Perse concentrazione nel combattimento e Gabriel lo atterrò immediatamente, immobilizzando lo scozzese a terra con un urlo trionfante.

"Finalmente sei mio, bastardo!" disse Gabriel con entusiasmo, lanciando la spada da una parte per poi aiutare Rhys a rialzarsi.

"Era distratto da Echo", gli fece notare Aeric, chinando la testa per portare l'attenzione di Gabriel verso la loro spettatrice. "Non conta davvero".

Echo arrossì e si avvicinò a loro; avrebbe voluto scusarsi. Ci provò sul serio, ma non riusciva a smettere di fissare gli addominali perfettamente scolpiti di Rhys, le sue spalle larghe e i suoi pettorali ben definiti, senza parlare delle braccia e della schiena muscolose.

"Non importa. Se avessi combattuto sul serio a questo punto sarebbe stato spacciato. Me l'ha insegnato lui", disse Gabriel scrollando le spalle.

"Hai ragione", disse Aeric.

"'Fanculo, a tutti e due", ribatté Rhys, asciugandosi il sudore dalla fronte e girandosi verso Echo. "Ciao".

Echo gli rivolse un sorriso gentile, riuscendo finalmente a distogliere gli occhi da quel corpo pazzesco.

"Scusa se ti ho fatto perdere", gli disse, divertita. "Volevo chiederti se puoi prenderti una pausa per fare colazione con me".

"Certo. Comunque, per questa mattina abbiamo finito", rispose Rhys, anche se Echo sapeva benissimo che in genere lui restava in palestra almeno mezza giornata, allenandosi nel combattimento e al tiro al bersaglio con le varie armi a loro disposizione. La ragazza era sorpresa da tutta quella energia; Echo si sentiva sempre esausta dopo solo un'ora di yoga, cavolo.

Ignorò lo sguardo che si scambiarono Gabriel e Aeric al suo invito a trascorrere del tempo insieme. Rhys lanciò un'occhiataccia a entrambi e poi si voltò di nuovo verso di lei.

"Ho anche delle novità per te", le disse, prendendo la maglietta da dove l'aveva lasciata in fondo al tappeto da allenamento. "Che ne dici se facessi una doccia e poi ci vedessimo nella mia biblioteca? Posso chiedere a Duverjay di portarci qualcosa da mangiare".

Echo annuì, distratta ancora una volta. Fu un po' triste di vedere che si metteva la maglietta, coprendo il suo imponente torso sudato. Lui la sorprese a fissarlo e inarcò un sopracciglio divertito, facendola arrossire come un pomodoro. Per fortuna non le disse nulla.

Chissenefrega, pensò Echo, il giorno prima l'aveva sorpreso a guardarle il sedere. Anche se Echo non si vedeva come la donna più sexy del pianeta, considerando che aveva abbastanza curve per tre o quattro ragazze magre, era ovvio che Rhys la trovasse molto interessante.

Questo era un altro aspetto che avrebbero dovuto affrontare con la loro conversazione. E avrebbero dovuto farla presto, perché erano stati molto vicini a baciarsi già in due occasioni da quando Echo era arrivata alla villa. Lei avrebbe voluto esplorare quella chimica tra loro, non aveva mai desiderato così tanto sperimentare con qualcuno, ma doveva sapere... qualcosa. Non era proprio sicura di cosa, il che era ancora più frustrante.

Rhys la accompagnò in casa e poi al piano superiore, lasciandola in soggiorno mentre lui andava a farsi una doccia. Echo si mise a guardare dei documenti sul tavolo della biblioteca, sorpresa di scoprire diversi libri e pergamene che facevano riferimento alle Tre Luci.

A quanto pareva Rhys era molto più concentrato sulla sua situazione di quanto lei immaginasse. Si mise a sfogliare le carte e si trovò presto completamente concentrata su quei documenti.

"Qualcosa di interessante?"

Echo si girò nel sentire l'accento marcato di Rhys riecheggiare nella stanza, facendole venire la pelle d'oca sulle braccia. Lo trovò sulla porta, indossava ancora meno vestiti di quelli che aveva in palestra.

Era completamente nudo, coperto solo da uno spesso asciugamano blu appeso pericolosamente ai fianchi, la sua pelle abbronzata e i suoi capelli castani erano ancora bagnati. Aveva scorciato la barba, ma il tono di rosso era ancora molto evidente. I suoi occhi brillavano con malizia, ed Echo si rese conto che sapeva esattamente che effetto aveva su di lei.

"Che sta succedendo?" chiese Echo all'improvviso, i suoi occhi scesero verso il petto, poi gli addominali, e alla fine ancora più giù verso l'asciugamano appeso ai suoi... *fianchi...*

Prima di rendersene conto, aveva abbandonato le ricerche avvicinandosi a Rhys, perdendosi nella perfezione dei suoi muscoli.

"Perché sta succedendo cosa, piccola?" chiese lui, alzando un sopracciglio. Lo faceva sempre, si rese conto Echo, alzava il sopracciglio e la chiamava piccola, quando voleva provocarla.

Lei si leccò le labbra e cercò di dare una risposta.

"Questa... questa attrazione tra di noi", disse, arrossendo. "Non mi sono mai sentita così con nessun altro, non ho mai neanche... fatto niente".

Il sorriso di Rhys si fece malizioso al sentire quell'eufemismo.

"Vuoi dire: fatto sesso?" chiese lui.

"Sì", rispose Echo, sentendo il rossore diffondersi al collo e al petto. Quella parola uscita dalla sue labbra, con il suo accento, era semplicemente ingiusta.

"Aspettami qui", disse Rhys, ritirandosi in camera.

Echo emise un lieve lamento e si lasciò cadere su uno dei divani, terribilmente insoddisfatta. Rhys apparve in meno di un minuto, indossando una stretta maglietta bianca e dei jeans che gli calzavano come un guanto.

"Non penso che sia giusto parlarne con indosso solo un asciugamano", ammise con una scrollata di spalle. Si sedette accanto a lei, così vicino che i loro corpi quasi si toccavano.

"Allora, c'è qualcosa di cui dobbiamo parlare", suggerì Echo, guardando il suo viso.

"Aye. Credevo tu lo sapessi, ma forse non è lo stesso per le streghe".

Echo scosse la testa.

"Non ho mai sentito parlare di... qualsiasi cosa ci sia tra noi", disse lei.

Rhys si prese un minuto per rispondere, allungando la mano verso di lei per carezzarle la spalle e il braccio, facendola rabbrividire.

"Siamo destinati l'uno all'altra, Echo". Lo sguardo di lei scattò verso quello di lui.

"Come scusa?" chiese.

"Destinati. Nel senso di: l'universo ci vuole insieme, è scritto nelle stelle".

"So cosa vuol dire destinati. È l'altra parte che non capisco".

"Siamo compagni, piccola. C'è solo una persona per ogni mutaforma, capito, e tu sei la persona destinata a me".

Echo fece un respiro profondo, soppesando le parole.

"C'è una sola persona per me, allora? Perché sai, ho avuto dei fidanzati".

Lo sguardo di Rhys si indurì per un momento, ma poi scosse la testa.

"Non è un problema se abbiamo avuto altre persone in passato, per nessuno dei due. Non potevamo sapere di essere destinati finché non ci siamo visti. È una specie di…" iniziò a dire, poi lasciò perdere.

"Anime gemelle?" disse Echo con uno sguardo scettico.

"Aye. Lo capirai", disse lui. Il suo pollice tracciò la clavicola di lei, era calloso per via della pratica con la spada, ed Echo sentì i capezzoli indurirsi.

"Quindi siamo… attratti l'uno all'altra", disse Echo, cercando di capire meglio la questione. "Forse siamo destinati ad essere in connessione. Che altro?"

Rhys si concentrò nell'accarezzarle la clavicola con movimenti lenti e ritmati.

"Tutto. Non ci sarà mai più nessun altro per noi, piccola. Dopo che avremo consumato il legame e io ti avrò marcata…"

"Marcarmi? Nel senso… con i tuoi denti?"

"Aye", disse Rhys, il suo sguardo si spostò verso gli occhi di Echo, immobilizzandola. "Ho sentito che è molto piacevole per entrambi". Echo non riuscì a pensare a una risposta accettabile per l'ultima frase.

"Dopo saremo noi due, per sempre", concluse Rhys.

Con grande sorpresa di Echo, lui non approfittò della sua momentanea inabilità a rispondere e non si mosse più vicino. Anzi, si allontanò, si alzò e andò al tavolo dove prese una pergamena malconcia.

La guardò con un'espressione dispiaciuta. "So che è difficile da accettare così all'improvviso. Ma non dobbiamo affrettare le cose, piccola".

Anche solo la cadenza di come diceva la parola *piccola* la faceva eccitare, eppure non riusciva a dirgli ciò che pensava. La intimidiva, era così intelligente e sexy, e anche saggio. Echo era una ragazza di paese che lavorava in un pessimo negozio di souvenir Voodoo per turisti. Non riusciva controllare la sua magia ed era più che traumatizzata dalla sua infanzia. L'idea che lei e Rhys potessero essere in qualche modo destinati a stare insieme dal cosmo le sembrava quasi buffa.

Non che il suo corpo traditore pensasse che connettersi con Rhys fosse una cosa impossibile. No, i suoi ormoni sembravano quelli di una sedicenne al ballo della scuola. Una parte di Echo sospettava che Rhys sapesse perfettamente quanto fosse eccitata, e che avesse semplicemente scelto di non approfittarne o di farne parola.

Echo si limitò a scuotere la testa. Per fortuna Rhys lasciò correre, voltandosi a guardare i documenti che aveva trovato riguardo le Tre Luci. C'erano diversi accenni qui e là, per lo più in documenti risalenti agli ultimi vent'anni. Ciò che interessava di più Echo erano le tre menzioni presenti in tre testi più antichi, alcuni scritti più di duecento anni prima della sua nascita.

Che si trattasse sempre di altra fatalità cosmica? Perché mai l'universo ce l'aveva proprio con lei questa settimana? Qualche giorno fa non aveva mai avuto neanche un minimo problema nel mondo dei Kith. Oggi, veniva cacciata da dei tipi che volevano dominare il mondo e corteggiata da un'enorme e incredibilmente attraente uomo-orso.

Cosa stava succedendo?

"Sapevi di essere la Prima Luce?" chiese lui.

"Non proprio", rispose lei, prendendo una sedia per sedersi accanto al tavolo. Rhys si sedette al lato apposto, ed Echo poteva sentire il suo sguardo su di sé mentre intrecciava le mani in grembo cercando di decidere cosa rivelare.

"Echo, dimmi tutto", la incoraggiò lui.

"Beh… sai che sono una strega".

Rhys annuì con espressione paziente. Echo continuò. "Ecco, sono anche una medium. Vedo gli spiriti".

Fece una pausa così che Rhys potesse comprendere a pieno al sua rivelazione, ma non sembrava sconvolto da quanto gli aveva detto.

"Quindi in passato sei stata informata riguardo alle Tre Luci", disse Rhys.

"Non così in passato, veramente. Mia mamma mi è apparsa qualche giorno fa, e mi ha raccontato alcune parti della storia".

Echo lo aggiornò velocemente riguardo quella conversazione con la madre e Rhys sembrò perplesso.

"Perché non hai indagato di più? Di certo tua mamma ti avrebbe detto altro se avessi chiesto", disse lui.

"Noi non abbiamo mai… non abbiamo mai avuto un buon rapporto quando era viva. Ed io ero così giovane quando è morta, avevo solo sei anni. Immagino di non averla mai conosciuta davvero", spiegò Echo sulla difensiva.

Rhys si sporse sul tavolo e posò una mano sulla sua, intrecciando le dita con quelle di lei.

"Mi dispiace, piccola. Non lo sapevo. Quindi tua mamma non ti ha fatto visita spesso?" chiese lui, con voce preoccupata.

"No. Questa è stata la prima… l'*unica* volta", rispose Echo, con voce incerta.

Gli occhi di Rhys si assottigliarono un secondo, ma non indagò oltre sul passato di Echo.

"Tua mamma ti ha detto altro?" chiese.

"Solo che mi sono resa un bersaglio. Finché Pere Mal non ottiene ciò che vuole sono un pericolo per chiunque mi nasconda. E se lui arrivasse a me, mi userebbe per trovare le altre due donne. Non c'è possibilità di vittoria", disse Echo, incurvando le spalle.

"Beh", iniziò a dire Rhys con tono cauto, "su questo ha ragione. Non possiamo permettere a Pere Mal di prenderti. Anche se lo dico più per me che per tutto il resto".

La sua dolce battuta le strappò un lieve sorriso, e lo guardò con un'occhiata gentile.

"Non ti piacerà l'ultimo consiglio che mi ha dato mia madre, allora. Mi ha detto di stare lontana da te, che avrei finito per sacrificarmi per il tuo bene".

Echo non poté ignorare l'espressione accigliata che passò velocemente sul viso di Rhys, ma lui si limitò a stringerle la mano e a lasciarla.

"Hai mai usato uno specchio per la lettura?" chiese Rhys, cambiando argomento.

"Qualche volta, con Tee-Elle", rispose lei.

"Gabriel ci sta già lavorando, ma penso che potresti aiutarci se la cercassi anche tu, visto che la conosci così bene. Lui non ha dei ricordi da richiamare, potrebbero aiutare molto".

Lavorarono tutta la mattina e il pomeriggio, fermandosi solo brevemente per mangiare uno spuntino che gli aveva portato Duverjay. Echo aveva provato a guardare dentro lo specchio, ma aveva l'impressione la zia fosse imprigionata in un luogo molto ben nascosto.

Iniziarono allora a cercare Pere Mal, cercando di scoprire dove potesse aver rinchiuso una risorsa di valore come Tee-Elle. Per tutto il tempo in cui lavorarono, Echo non poté fare a meno di notare ogni volta che la sua pelle sfiorava quella di Rhys, ogni volta che le loro mani si toccavano, ogni volta che lo sguardo di lui si posava su di lei. Una volta si soprese anche a leccarsi le labbra mentre studiava la bocca di Rhys.

"Non pensi?" chiese Rhys, toccandole la spalla e facendola saltare.

"Cosa?" Echo alzò lo sguardo arrossendo. Rhys sembrò trattenere un sorriso, una fossetta apparve fugace sulla sua guancia mentre le rivolgeva uno sguardo cosciente.

"La sua casa di famiglia ad Algiers Point", ripeté lui, portando la sua attenzione sulla mappa della città aperta sul tavolo. "Se le fonti che abbiamo sono giuste, probabilmente ha ancora una casa da quelle parti. Oppure, ha portato Tee-Elle in uno di questi capannoni fuori città, vicino a Gentilly. Conosci New Orleans meglio di me, che ne pensi?"

"Oh. Ehm, giusto", disse Echo. "Algiers Point è un bel quartiere. Non riesco a immaginare che qualcuno non abbia notato una casa dove Pere Mal tenga degli ostaggi. Mi sembra più probabile Gentilly, in alcune zone ci sono meno poliziotti e più edifici abbandonati".

"Avviserò Aeric e Gabriel. Possiamo concentrare le ricerche lì mentre organizziamo un piano d'attacco", disse Rhys.

Un'ora dopo Echo e Rhys si ritrovarono esausti dalla giornata. "Non riesco a guardare un'altra riga di questo minuscolo testo in latino, mi si incrociano gli occhi", disse

Rhys, mettendo da parte il libro impolverato che stava studiando.

Echo posò una pergamena, annuendo.

"Anche io. E poi ho fame".

"In genere mangio con Aeric e Gabriel, ma questa sera sono tutti e due fuori di pattuglia, credo", disse Rhys, pensandoci su. "Che ne dici di chiedere a Duverjay di portarci qualcosa per cena e limitarci a..."

Si interruppe, sembrava che non riuscisse a finire la frase. Echo si rese conto che Rhys stava cercando il termine giusto, senza riuscirci. Anche se parlava in modo impeccabile, a volte usando un linguaggio fin troppo educato, percepiva che faceva fatica a usare modi di dire del luogo.

"Farci due chiacchiere e guardare un film?" suggerì con un sorrisino. "Esatto, sì", disse Rhys, alzando gli occhi al cielo.

Rhys tirò fuori il telefono e mandò un paio di messaggi, probabilmente aveva ordinato la cena a Duverjay.

"Non fate mai due chiacchiere e guardate un film in Scozia?" chiese Echo quando lui finì.

"Non a metà del mille settecento, non molto", disse Rhys.

Echo restò a bocca aperta, senza fiato.

"Come scusa?" chiese, sconvolta dalle sue parole. "Stai scherzando?"

Rhys sembrò rendersi conto di aver fatto un passo falso ed ebbe la presenza di spirito di apparire imbarazzato.

"Ah. Sì, avevo intenzione di dirtelo", disse. Balzò in piedi e iniziò a darsi da fare tirando giù uno schermo per il proiettore dal soffitto nel lato opposto dei divani.

"Uhh... quando, esattamente, avevi intenzione di dirmi che sei... cosa, un uomo-orso che viaggia nel tempo?" chiese Echo irritata e incrociando le braccia sul petto. "Che fortuna sfacciata che ho".

Rhys le lanciò uno sguardo colpevole.

"Non sapevo bene come dirtelo. Sembra una follia, vero?"

Echo pensò bene a quelle parole per qualche momento.

"Che ne diresti di iniziare raccontandomi la tua storia, invece di lanciarla lì così", disse lei.

Rhys la prese per mano e la tirò sul divano. Echo si accomodò accanto a lui, ma non troppo vicino. L'uomo aveva degli strani effetti sul suo cervello quando la toccava, e lei aveva bisogno di avere le idee ben chiare per questo.

"È iniziato tutto quando avevo quattordici anni, è allora che è avvenuta la mutazione per la prima volta", le disse. "Mia mamma è morta giovane, eravamo solo io, mio padre e mio fratello. Io sono il figlio maggiore".

Echo infranse subito la sua regola, intrecciando le dita con quelle di lui, cercando di incoraggiarlo in silenzio. Rhys tracciò dei soffici cerchi sul palmo della sua mano con il pollice mentre parlava, quasi cullandola.

"Mio fratello ed io avevamo solo un anno di distanza e in genere litigavamo molto tra di noi. Mio padre ci ha dato una scelta, prendere un tutore ed espandere le nostre menti, o uscire sul campo ogni giorno e imparare come si fa la guerra". Rhys sorrise, forse per un ricordo a lui caro. "Io, ovviamente, ho scelto la guerra. Mio fratello scelse i libri. Quando raggiunsi la maturità, a diciannove anni, lasciai casa e andai a combattere per il Re".

"Come si chiama la tua città?" chiese Echo.

"Tighnabruaich", disse Rhys.

Echo non poté fare a meno di ridacchiare nel sentire quella parola impronunciabile.

"Scusa", disse lei. "È il nome più scozzese che io abbia mai sentito".

"Aye", concordò Rhys, chinando la testa per nascondere un sorriso sincero. "È un posto molto scozzese".

"Allora, cos'è che ti ha portato qui? O ora, dovrei dire?"

Il sorriso di Rhys scomparve.

"Mio padre e mio fratello sono entrambi morti all'improvviso, per cause misteriose. Il signore del castello vicino era avido e si approfittò della mancanza di un leader. Voleva accorpare Tighnabruaich ai suoi possedimenti".

"E tu non eri ancora tornato?" Chiese Echo.

"Aye. Ero a caccia di avventure, almeno così pensavo. Flirtavo con donne e riempivo le mie sacche di oro, il tutto mentre il mio clan soffriva in modo atroce".

Echo rabbrividì al tono amaro e arrabbiato nella sua voce.

"Non lo sapevi", disse.

"Non sarei mai dovuto andare via. Quando tornai, Tighnabruaich era in rovina. Non c'erano quasi più uomini a proteggere le donne e i piccoli. Abbiamo dovuto prendere ciò che potevamo e scappare come codardi. Io non… non ho potuto salvarli".

Echo lo guardò con occhi spalancati, il cuore le batteva forte.

"Sono morti?" sussultò.

"Non proprio. Sarebbero morti, se non fosse stato per la strega". Rhys notò lo sguardo confuso di Echo e fece un cenno della testa. "Mere Marie. Mi ha offerto un patto".

"Ha salvato il tuo clan?" Chiese Echo.

"Aye, e anche mio fratello. Io non ho potuto rifiutare".

"Cosa ha ottenuto in cambio, esattamente?" chiese Echo, mordendosi un labbro.

"La mia lealtà e i miei servigi, finché non sarebbe arrivata l'ora…" Rhys fece una pausa, come se gli fosse venuto in mente qualcosa all'improvviso. Si lasciò andare in una risata e scosse la testa. "Non c'è da sorprendersi che sia stata così scortese con te. Mi perderà non appena ti marcherò".

"Non capisco", disse Echo, arricciando il naso.

"Non preoccuparti. Abbiamo del tempo prima di arrivare a quel momento; per allora dovrei pensare a qualcosa", disse Rhys.

Sentirono bussare alla porta e Duverjay entrò con un grande vassoio.

"Grazie Duverjay, puoi lasciarlo sul tavolo" disse Rhys.

Il maggiordomo fece come gli era stato detto, lanciando ai due un'occhiata curiosa, poi lascò la stanza.

"Mangiamo sul tavolo?" chiese Echo, guardando il vassoio appena portato da Duverjay che era coperto con un tappo d'argento.

"Veramente, avrei un'idea migliore", disse l'uomo, con un sorriso inaspettato che gli illuminava il viso. "Aspetta".

Scomparve di nuovo nella sua camera, tornando con una grande coperta morbida. La stese per terra davanti ai divani e poi guardò Echo invitandola a sedersi.

"Stile pic-nic, eh?" chiese Echo sorridendo. "Molto romantico".

Rhys le sorrise in modo che il professore di letteratura inglese preferito di Echo avrebbe definito 'profondamente galante', e il suo cuore ebbe un sussulto. Visto che era destinata a qualcuno, immaginò fosse un bene che si trattasse di qualcuno che la guardava *così*.

Echo alzò quasi gli occhi al cielo a quel pensiero, mentre Rhys andò a prendere il vassoio della cena. Qualche sorriso invitante e molta frustrazione sessuale non volevano dire che avrebbe dovuto sdraiarsi e accettare questa cosa delle anime gemelle. Cavolo, non era neanche ancora sicura di credere a tutta questa storia.

"Qui", disse Rhys, prendendo il telecomando e accendendo il proiettore. Un'ampia lista di film e programmi tv apparve sullo schermo, poi diede il telecomando a Echo. "Scegli tu, visto che io sono così romantico".

Si accomodarono sulla coperta e Rhys scoprì i piatti. La bocca di Echo iniziò subito a salivare, quando vide che Duverjay gli aveva consegnato due filet mignon cotti alla perfezione, con contorno di funghi saltati e asparagi grigliati.

"Ah, credo ci manchi la parte più importante", disse Rhys. "Scegli qualcosa da vedere, io torno subito".

Uscì dal soggiorno diretto verso la scalinata, probabilmente scendendo al piano terra. Echo sfogliò il catalogo di film, sorpresa di vedere un'ampia selezione. Anche se c'erano molti film d'azione recenti, aveva anche tutti i film di Harry Potter e diversi classici.

Rhys riapparve con due grandi bicchieri e una bottiglia di vino rosso, sembrava compiaciuto.

"Ti prego, dimmi che ti piace il vino", le disse mentre si sedeva accanto a lei.

Echo rise.

"Sì, certo. All'università facevo la cameriera, quindi ne so qualcosa".

Rhys sembrò sollevato.

"Sono stato a un solo appuntamento da quando sono arrivato a New Orleans, e la ragazza non beveva vino. Le piaceva solo il liquore all'amaretto con la soda".

Rhys rabbrividì ed Echo scoppiò a ridere.

"Che schifo", disse e accettò il bicchiere. Lo guardò mentre litigava con il cavatappi, cercando di stappare il vino. "Dalla a me. Sono una professionista".

Rhys sollevò un sopracciglio con scetticismo, ma le passò la bottiglia e il cavatappi. Quando Echo lo aprì senza problemi e lo versò nei calici, Rhys la guardò compiaciuto.

"Un'abilità utile", disse lui.

"Peggio è la mia giornata, e più utile diventa", disse lei scherzando, posando la bottiglia da una parte e bevendo un sorso di vino. Era un Cabernet Sauvignon forte e fruttato, ed Echo riconosceva che si trattava di un vino d'annata eccellente e costoso.

"L'hai preso giù in cucina?" chiese sorpresa.

"Ah..." Rhys le lanciò un altro sorriso malizioso. "Veramente, l'ho rubato dalla stanza di Gabriel. Ha sempre il bar pieno, in caso portasse a casa una ragazza".

"Non posso giudicarlo", disse Echo. "Ha un ottimo gusto in fatto di vini, almeno".

"È completamente diverso da quelli che avevamo a Tighnabruaich. Mi è sempre piaciuto il vino, ma questo è molto più limpido e piacevole", disse Rhys, facendo roteare il Cabernet nel suo bicchiere. "Hai scelto un film?"

"Ho visto che hai Harry Potter in lista. Li hai visti?" chiese Echo.

"Mai".

"Oh, allora dobbiamo proprio guardarli".

"Credevo che una strega li trovasse un po' stupidi", disse Rhys, con un'occhiata indagatrice. "Pensavo che la maggior parte delle giovani streghe si dedicasse a ore di pratica magica ogni giorno, quindi non immaginavo ti interessasse vedere qualcosa che la prendeva alla leggera".

"Mi piacciono proprio *perché* sono stupidi. La magia non è mai stata qualcosa che ho praticato davvero crescendo, quindi è ancora un divertimento per me. Veramente... se devo essere sincera, Rhys, non ho molto controllo sui miei poteri".

Rhys sorseggiò il suo vino e annuì.

"Ho notato che sembravi poco sicura di te durante il combattimento", le disse. "Ho pensato che me l'avresti detto se avessi voluto che lo sapessi".

Echo non rispose mentre il film iniziava, quindi Rhys le servì un piatto con carne e verdure senza pressarla oltre. Mangiarono in silenzio, appassionandosi al film e assaporando il cibo. Fin dal primo giorno di Echo nella villa, la cucina di Duverjay era sempre stata ottima e questo pasto non era da meno.

Dopo aver finito di mangiare, Rhys prese tutto il vassoio posandolo sul tavolo e mise in terra due grandi cuscini, appoggiandoli contro il divano creò un comodo spazio per sdraiarsi.

Senza fermare il film, avvicinò Echo al suo fianco e le passò un muscoloso braccio dietro le spalle. Lei si appoggiò istintivamente a lui, e la combinazione di quella cena così ricca e il calore del suo corpo la cullarono fino a farla addormentare.

Quando si svegliò, Harry Potter era finito da un po' e Rhys guardava un documentario su Martin Luther King Jr., la sua espressione era di intensa concentrazione. La faccia di Echo affondava nell'incavo del collo di Rhys, e i suoi capelli ricadevano su entrambi i loro corpi. Echo era un po' imbarazzata per essersi aggrappata così a lui nel sonno, anche se c'era da aspettarselo. Avevano condiviso il letto per varie notti ormai, ed Echo era abbastanza sicura che lei e Rhys dormissero per lo più abbracciati.

La ragazza si concesse di inalare il meraviglioso profumo di lui prima di allontanarsi, passandosi una mano sul viso. Per fortuna non gli aveva sbavato addosso durante il sonnellino indotto dalla bistecca.

"Uh... ehi", disse lei con timidezza.

"Ciao a te", disse Rhys. Distratto, girò la testa e sfiorò la guancia di Echo con le labbra, vicino all'orecchio. Un tocco senza pretese, ma la mente di Echo era ancora offuscata dal sonno. Senza contare che i suoi ormoni erano completamente fuori controllo per via di lui; al momento il suo cervello la stava spingendo a scoprire come fosse sentire quelle labbra posarsi su tutte le altre parti del suo corpo.

Echo si irrigidì a quel tocco, e Rhys spostò la sua attenzione dallo schermo, guardandola con preoccupazione. Il suo braccio si strinse intorno alle spalle di lei per un momento e poi i loro sguardi si incontrarono.

Echo guardava Rhys e sentiva la curiosità crescerle in petto. Si leccò le labbra e alzò il mento di appena un centimetro, i brillanti occhi verdi dell'uomo si velarono di desiderio carnale. Si spostò, stendendo il corpo, e sorprendendola le posò un secondo bacio sulla guancia, di nuovo al lato dell'orecchio.

Poi un altro, questa volta le labbra le sfiorarono il lobo dell'orecchio, la sua soffice barba le solleticava il collo. Rhys sollevò una mano, portando le dita dietro il collo di lei, tenendole il mento con il pollice. Le voltò la testa per esporre la gola prima di premere le sue labbra dove poteva sentire il cuore pulsare, e un profondo gemito gli scappò dal petto.

Le solleticò il collo con le labbra e i denti, concentrandosi su quel punto sensibile dove si collegava con la spalla, questa volta il corpo di Echo rispose. Poteva percepire i suoi seni contrarsi dal desiderio, i suoi capezzoli erano diventati due punte affilate. Si sentiva stretta nella propria pelle, aveva caldo; un lieve pulsare iniziò a percorrerle il corpo, allo stesso ritmo del battito crescente del suo cuore.

E Rhys l'aveva toccata appena. Le lasciò una scia di baci veloci e bagnati passando dal collo alla spalla, tenendole ferma la testa con le mani forti e callose. Echo si lasciò sfuggire un respiro affannato e gli afferrò una spalla con la mano, cercando di portare le labbra di lui sulle proprie.

Rhys non cedette di un millimetro, invece le fece scorrere le labbra lungo la mandibola, dal mento all'orecchio. Le solleticò l'orecchio con la punta della lingua, mordicchiandole il lobo e soffiando lievemente, facendola impazzire. Echo si morse un labbro e si strinse forte a lui, stringendo le cosce contro quella sensazione crescente di desiderio.

Rhys le baciò ogni angolo della bocca e le labbra di lei si aprirono in un sospiro. Strinse la presa sul suo collo, fermando i movimenti inconsulti della ragazza portando il labbro inferiore su quello di lei, per poi tirarsi indietro quando lei cercò di baciarlo.

"Rilassati, Echo", disse Rhys. Lei aprì gli occhi e lo guardò, arrossendo per l'intensa soddisfazione che poteva leggere sul suo viso. Lo voleva, sì. E lui stava giocando con lei, voleva farle sapere che era lui ad avere il controllo.

"Baciami", gli disse, il suo sguardo si assottigliò in un'occhiataccia.

"Mmm", mormorò Rhys, non intenzionato ad esaudire la richiesta. "Pazienza".

A quel punto la lasciò andare, e con sua grande sorpresa le afferrò il bordo della maglietta sfilandogliela dalla testa e tirandola da un lato. Non le chiese il permesso, ma il suo sguardò non lasciò mai il suo volto mentre le carezzava le braccia, i fianchi e la vita.

Rhys si leccò il labbro inferiore mentre faceva scivolare le dita sotto il gancio del reggiseno, tirando e rilasciando con un lieve rumore. Il respiro di Echo si fece più affannato mentre lui faceva scorrere con delicatezza le dita sulle coppe del reggiseno, non poté resistere a quel tocco e inarcò la schiena.

"Voglio toglierti questo", disse Rhys, agganciando una delle coppe con un dito e tirandola verso di sé.

Echo deglutì, alzando il mento in gesto di sfida.

"No, se prima non mi baci", insistette.

Rhys sorrise, ed Echo seppe di avere appena detto la cosa giusta.

10

RHYS

Se l'intenzione di Rhys era di provocare una reazione da parte di Echo, ci era riuscito. La sua bionda e sensuale futura compagna stava in piedi davanti a lui e indossava un fine reggiseno rosa, le sue labbra erano morbide e piene e lo imploravano di baciarle. Proprio in quel momento Echo gli stava rivolgendo uno sguardo pieno di desiderio e Rhys aveva difficoltà a tenere a bada i suoi istinti più primordiali.

Dava la colpa alla lingerie; ai suoi tempi le donne erano del tutto vestite o completamente nude e, a quanto pare, non c'era nulla di più provocante di una donna a metà strada tra le due condizioni. Nonostante Rhys avesse visto alcune foto di modelle che indossavano indumenti del genere e aveva fatto ricerche online sui vestiti delle donne moderne, vedere Echo in lingerie era decisamente molto più eccitante. Cercò di non fissare il suo reggiseno, ma il fine tessuto che le fasciava il corpo non faceva altro che invogliarlo a vedere cosa si nascondesse sotto i suoi stretti jeans.

Desiderava ardentemente spogliarla, girarla in modo che il suo sedere perfetto fosse esposto all'aria e scoparla fino a farle venire la voce roca da tanto urlare il suo nome. Quando era ancora in Scozia, se mai si fosse sentito così attratto da una ragazza, non c'era dubbio che l'avrebbe già posseduta in un corridoio buio del castello.

Purtroppo, Echo non era una giovane servetta. Prima di tutto, era una donna moderna. E poi, sarebbe diventata la sua compagna e l'ultima cosa che Rhys voleva era accelerare troppo le cose e inasprire il loro rapporto.

Solo perché sapeva che sarebbero finiti insieme, non era un buon motivo per essere impazienti. La donna che avrebbe portato in grembo i suoi bambini meritava il sole e la luna, non un accoppiamento veloce e insoddisfacente.

"No, se prima non mi baci", gli aveva risposto mentre lui giocava con il suo reggiseno.

Ecco, se era solo un bacio che voleva...

Rhys fece scivolare una mano sul fianco di Echo e la avvicinò a sé, portando la sua bocca su quella di lei. Aspettò, le labbra di lei a un soffio dalle sue, dilatando il momento il più possibile. Echo sospirò, la sua voglia e il suo desiderio riflettevano perfettamente i sentimenti di Rhys. La ragazza si sporse verso di lui e chiuse gli occhi, la sua pelle nuda era calda sulle braccia dell'uomo.

Era un momento perfetto.

Rhys unì le sue labbra a quelle di lei, divorando il lieve verso di piacere che le sfuggì. La bocca di lei era tutto ciò che poteva desiderare, così calda e dolce mentre lo accoglieva. Rhys le esplorò le labbra con le sue, usando il bacio per testare le sue reazioni. Echo rispose carezza dopo carezza, il movimento veloce della sua lingua faceva pulsare la sua virilità.

Rhys fece scorrere una mano verso il reggiseno, cercando di non perdere la concentrazione su Echo, mentre tentava di slacciarle quell'indumento così setoso. Riuscì dopo qualche tentativo, poi sposto le mani sulle spalle di lei per fare scorrere le bretelle verso il basso lungo le braccia. La guardò in viso per tutto il tempo, godendosi il rossore che si diffondeva sulle sue guance nonostante il desiderio crescente nei suoi occhi.

Rhys la baciò ancora una volta profondamente, poi le tolse il reggiseno, prendendosi un momento per ammirare i suoi seni nudi. Erano alti e sodi, perfettamente tondi e con capezzoli duri e appuntiti che facevano fremere il suo membro mentre la sua bocca non vedeva l'ora di assaporarli.

Allungando una mano, Rhys osservò il viso di Echo mentre faceva scorrere un polpastrello sul suo capezzolo duro. Gli occhi di lei erano scuri di desiderio, la sua pelle rossa di eccitazione. Si passò la lingua sulle labbra osservandolo mentre la guardava, e Rhys fu all'improvviso sopraffatto dal bisogno di vederla soddisfatta, il bisogno di marchiarla in modo indimenticabile.

Rhys si spostò e portò la bocca sul suo seno, facendo aumentare l'attesa per entrambi mentre esplorava con le labbra la valle tra i suoi seni. Echo si dimenò e Rhys colse l'eccitazione attraverso i suoi vestiti. Incapace di aspettare oltre, chiuse le labbra sul suo capezzolo leccandolo lentamente. Non si fermò per un secondo, tormentandole entrambi i seni con le labbra, la lingua e i denti finché lei non implorò di averne ancora.

"Rhys, ti prego..." disse Echo, le sue mani aggrappate alla maglietta di lui.

"Ti prego, cosa?" chiese lui, lasciandole andare il capezzolo.

Echo si spostò di un paio di centimetri e gli strappò praticamente la maglietta di dosso, il che lo fece sorridere. Il suo sorriso crebbe ancora quando notò che lei stava ammirando il suo corpo. Echo si morse un labbro ed esplorò le sue spalle, il petto e gli addominali con tocchi delicati.

Quando le dita passarono sugli addominali per poi scendere verso i pantaloni, il corpo di lui ebbe uno spasmo involontario, i suoi muscoli rispondevano al tocco di Echo. Lei si leccò di nuovo le labbra e Rhys perse la pazienza.

"Leccati di nuovo le labbra mentre fissi il mio cazzo", la sfidò Rhys. "Ti sfido, piccola".

Lo sguardo di Echo scattò verso l'alto verso quello di lui e diventò completamente rossa.

"Io...", iniziò a dire, ma Rhys aveva finito la pazienza per il momento. Si alzò e prese Echo tra le braccia, trasportandola attraversò il salone e poi in camera sua.

Adagiò Echo sul letto e poi si sbottonò i pantaloni, ma non li sfilò. Non aveva mai imparato ad apprezzare l'intimo, lo trovava opprimente, e non pensava che Echo fosse ancora pronta per uno spettacolo completo.

I jeans di lei, invece, furono sbottonati e rimossi immediatamente. Proprio come nelle sue fantasie, lei indossava uno slip in leggero tessuto rosa. Rhys si passò la mano sugli addominali ed emise un lieve grugnito, cercando di registrare quell'immagine nella memoria.

"Girati", le disse, facendo il gesto a mezz'aria con un dito. "Voglio vedere tutto di te".

Echo lo guardò inarcando le sopracciglia, facendo un paio di profondi respiri. Dopo un momento, si girò sulla pancia, donando a Rhys abbastanza materiale per le fantasie di tutta una vita.

Aveva un sedere tondo e pieno, le gambe lunghe e toniche, e un piccolo lembo di tessuto rosa faceva capolino tra i monti gemelli delle sue natiche.

"Cazzo, donna. Mi stai uccidendo", disse Rhys.

Si inginocchiò accanto al letto, intrappolando le gambe di

lei tra le sue ginocchia. Accarezzandole l'interno coscia da dietro si accorse che le sue attenzioni la facevano fremere tutta. Con una mano afferrò le sue natiche e strinse, separandole leggermente per ammirare ancora una volta la sua lingerie.

Agganciò con un dito l'elastico degli slip, all'altezza dell'osso sacro.

"Sto per toglierti questo", disse a Echo.

Lei voltò la testa un attimo per guardarlo, poi annuì. Echo era piombata nel silenzio a quella dimostrazione di potere, ma la passione bruciante che traspariva dai suoi occhi era evidente. Così come l'umidità sui suoi slip mentre Rhys li sfilava.

Finalmente Echo era nuda davanti a lui, stesa sul suo letto, pronta per essere toccata. Rhys si chinò e le baciò la schiena, poi un fianco, reprimendo un sorrisetto quando il corpo di lei si tese, non sapendo quali fossero le intenzioni di lui.

L'uomo indietreggiò, liberandole le gambe.

"Girati, piccola. Voglio vederti in faccia", le disse.

Echo si voltò, guardandolo attentamente. Rhys la guidò perché si posizionasse come voleva lui, alzandole le ginocchia. Le distanziò, rivolgendole un sorriso quando lei fece un po' di resistenza con il viso imbarazzato.

"Rhys…" disse lei, per la prima volta da quando l'aveva conosciuta sembrava a disagio.

"Voglio vederti, Echo. Voglio vedere tutto di te", disse Rhys. "Voglio farti stare molto, molto bene".

Echo strinse le labbra in una linea sottile, ma gli permise di separare ancora di più le ginocchia, le gambe di lei si aprirono per rivelare il suo sesso rosa e lucente. Rhys la ammirò per un lungo istante prima di stendersi accanto a lei. Si poggiò su un lato rivolto verso Echo e agganciò il ginocchio di lei sul proprio fianco per avere pieno accesso al suo corpo.

"Sei meravigliosa", mormorò Rhys. "Spero che tu lo sappia".

Fece scorrere un dito dall'ombelico al fianco di lei, proseguendo verso il ginocchio e risalendo lungo l'interno coscia. Lei si irrigidì un po', ma Rhys andò piano, preparandola al momento, solleticando i suoi scuri riccioli biondi, toccando con delicatezza i suoi pendii con lievi carezze.

L'aria si riempì del suo odore, un inebriante aroma che invitava l'orso di Rhys a farsi strada ardentemente per emergere. Lui ignorò le immagini che gli passarono per la mente, di lui che riempiva e scopava la sua compagna in ogni posizione immaginabile, e per prima cosa si concentrò sul piacere di lei.

Rhys tracciò con due dita le labbra più esterne, guardando crescere il desiderio di Echo, notando quando un lieve velo di sudore le ricoprì la pelle. Avrebbe voluto che Echo lo toccasse allo stesso modo, ma quando la mano della ragazza trovò il bordo dei suoi pantaloni, lui la spinse via con delicatezza.

Echo gli lanciò uno sguardo di profonda frustrazione, ma Rhys si limitò a sorridere e a far scorrere un dito sulla sua apertura umida, con un tocco così leggero da non essere abbastanza per una vera stimolazione.

Quando il corpo di Echo iniziò a bagnare le lenzuola e lei cominciò a respirare a fatica e gemere di frustrazione, solo allora Rhys trovò e carezzò con movimenti circolari del pollice il suo clitoride.

"Ah!" Gemette Echo, i suoi fianchi scattarono in alto per andare incontro al suo tocco. "Piano", cercò di farla rilassare Rhys, muovendole la gamba e spostandosi in ginocchio davanti a lei.

Non lo aveva mai fatto prima, ma aveva guardato molta pornografia moderna. Non aveva mai capito quel desiderio, fino a cinque secondi prima, all'improvviso sentiva il bisogno di assaporare la sua compagna... intimamente.

Echo gli lanciò uno sguardo a metà tra il profondo desiderio e il terrore, e Rhys fu sconvolto nel realizzare che questo era probabilmente un momento importante per loro. Echo gli aveva lasciato completo controllo, e in cambio, lui doveva rispettare la sua promessa di portarla al piacere.

Con sua sorpresa, esplorare Echo con la bocca gli venne naturale. Affondò il viso nella giuntura della coscia, inalando a fondo il suo profumo e lasciandole baci provocanti sulla pelle sensibile.

Quando aprì ancora di più le labbra di lei con due dita, notò che era già bagnata e pronta per accoglierlo. Rhys espose il piccolo bocciolo che dominava il sesso di lei, tracciando le delicate pieghe della pelle con la punta della lingua. Echo fu sul punto di saltare dal letto, inarcando la schiena mentre gemeva di piacere. Con una mano si aggrappò alla testa di Rhys, mentre con l'altra stringeva le lenzuola.

Rhys chiuse gli occhi mentre con la lingua assaporava la pelle più tenera del suo corpo. Procedeva con ritmo lento e tocco leggero. Sapeva esattamente quando voleva che lei arrivasse al massimo piacere, e non aveva intenzione di affrettare le cose.

Mentre leccava il clitoride, iniziò a spingere con un dito verso il centro del suo piacere. Il corpo di Echo era umido di desiderio e accettò prima uno e poi due dita con facilità, i muscoli di lei che si flettevano e aggrappavano a lui facevano pulsare il suo membro dal crescente bisogno di farla sua.

Quando avrebbe finalmente posseduto la sua compagna, sarebbe stato incredibile; probabilmente lei avrebbe finito per minare la sua mascolinità, a meno che lui non fosse riuscito a controllarsi.

Rhys non aveva mai assaporato una donna in questo modo,

ma compiacerne una con le sue mani non era una cosa nuova. Mentre baciava e laccava il clitoride, ruotò la mano, giusto quanto bastava, con le dita curve verso l'ombelico, cercava…

"AH!" gemette Echo, dimenandosi sulla mano di lui. "Rhys, sì! Oh, oh…"

Rhys chiuse le labbra sul clitoride e succhiò con dolcezza, muovendo le dita con insistenza e penetrando la sua fessura stretta con la mano. Ci volle meno di un minuto prima che Echo esplodesse, un pianto di piacere le sfuggì dalle labbra e il suo corpo si irrigidì e si contrasse sulla bocca e le dita di Rhys. Il suo orgasmo continuò a lungo e Rhys la aiutò a dominarlo, prolungandone il piacere finché non fu lei ad allontanarlo.

Echo lo abbracciò e lo baciò profondamente, prendendo il controllo per un momento, e Rhys la lasciò fare. La sensazione di baciarla con il suo odore ancora sulla labbra e sulla lingua era molto erotica, e stringere tra le braccia la sua compagnia soddisfatta era una sensazione impareggiabile.

Quando il bacio di Echo si fece di nuovo più passionale e la sua mano si fece strada verso il basso, lui le intrappolò le dita e le portò alla bocca per baciarle.

"Domani", disse lui, non volendo rovinare il momento. Quella notte era stata tutta per Echo, aveva voluto mostrargli cosa poteva offrirle come compagno e perché sarebbe tornata nel suo letto notte dopo notte. Perché avrebbe rifiutato chiunque altro, proprio come avrebbe fatto Rhys.

Purtroppo, Echo non sembrò felice della risposta. Il suo dispiacere era evidente.

"Pensi che ti farò del male", disse lei, con espressione ferita.

"Come?" chiese Rhys.

"Credi che ti farò quello che ho fatto a quella… quella *creatura* a casa di Tee-Elle". Mosse le dita per ricordargli come era scomparsa la creatura e Rhys si trovò confuso per qualche istante.

"Il succubus" disse alla fine.

"Sì. Pensi... Voglio dire, non so controllare molto bene i miei poteri", disse Echo.

"Piccola, non è quello che penso", Rhys fece per toccarla, ma Echo si allontanò.

Alzandosi dal letto prese i suoi slip, gli lanciò poi un'ultima occhiata prima di scappare via dalla stanza. Rhys si stese sul letto con un sonoro sbuffo, chiedendosi come avesse fatto Echo a passare dal piacere alla rabbia così in fretta.

Cosa aveva fatto di male?

11

ECHO

Echo sospirò aggiustandosi il vestitino verde che aveva scoperto nell'armadio apparentemente senza fondo. Si chiedeva chi avesse il compito di selezionare e acquistare i suoi vestiti; non riusciva proprio a immaginare Duverjay mentre sceglieva vestiti, slip e sandali, forse perché lo aveva sempre visto solo in tenuta formale.

"No, Echo, non puoi aiutarci a trovare tua zia", bofonchiò tra sé, mimando maldestramente l'accento di Rhys. *"Lasciaci fare il nostro lavoro, Echo. Resta in casa, Echo"*.

Si guardò allo specchio, mordendosi un labbro. Il vestito le fasciava perfettamente il corpo, lo scollo era più profondo di quanto pensasse e mostrava le sue rotondità. Aveva poi scelto dei sandali con la zeppa bassa e si era legata i capelli con una pinza a forma di fiore.

Faceva tutto parte del piano per tormentare Rhys, che ultimamente si comportava in modo impacciato quando c'era lei *e* pretendeva che non prendesse parte nel salvataggio della zia.

"Non ci contare, bello", borbottò Echo, anche se Rhys non avrebbe potuto sentire visto che non era nei paraggi. "Non ti permetterò di tenerti a distanza ed essere anche possessivo. O uno e l'altro".

Ad essere onesti, gran parte dell'imbarazzo era causato da Echo. Stava esplorando le proprie abilità, cercando di capire come evitare di far trasformare Rhys in una braciola di uomo-orso se e quando si sarebbero di nuovo trovati insieme in una situazione intima.

E diamine se lo voleva. L'attrazione che provava per Rhys era sempre più forte, sembrava crescere di minuto in minuto. Era in parte dovuto alla sua curiosità, in parte alla congiunzione astrale che li voleva insieme… e forse, ma solo un pochino, era semplice desiderio da parte di Echo.

Ma, certamente, niente di tutto questo voleva dire che avrebbe dovuto rischiare la salute di Rhys.

Echo sospirò e si diresse al piano di sotto, questa volta però non cercò Rhys ma Aeric. Visto che aveva molto tempo libero, dato che Rhys non si faceva vedere molto, Echo aveva progettato un ottimo piano per trovare Tee-Elle, un piano che era sicurissima che avrebbe funzionato.

Il problema era che aveva bisogno dello specchio per cercare e trovare Tee-Elle, e anche di qualcuno che le guardasse le spalle. Non voleva fare errori che potessero avere conseguenze catastrofiche, quindi aveva bisogno di qualcuno con più esperienza che le facesse compagnia mentre usava lo specchio.

Dopo averci pensato un po' aveva scelto Aeric. Dei tre guardiani, Aeric sembrava quello più propenso ad aiutare Echo senza sentire il bisogno di dire tutto a Rhys. Con Gabriel erano troppo legati, ma Aeric non sembrava essere amico di nessuno.

Echo lo trovò da solo in soggiorno, seduto al tavolo da conferenza. Stava studiando un enorme libro rilegato in antica pelle marrone, le sue labbra si muovevano mentre leggeva silenziosamente. Lo guardò da lontano, rendendosi conto che la sua perenne espressione arrabbiata ne mascherava il fascino.

I suoi capelli biondo cenere erano tagliati con cura, abbastanza lunghi da stargli bene con la riga di lato e spazzolati all'indietro lasciandogli scoperto il volto. Era alto quanto Rhys e se possibile era più massiccio, il suo busto sembrava quasi il tronco di un albero.

Echo afferrò una bottiglia di acqua dal frigo in cucina e si diresse verso di lui, cercando di sembrare disinteressata.

Il suo nervosismo rovinò qualsiasi tentativo di spontaneità quando fece cadere la bottiglia di acqua ancora chiusa sul tavolo. Rimbalzò e atterrò proprio sul libro, irritando Aeric che la scostò con una smorfia.

"Che fai?" le disse in un grugnito. "Questo libro ha più di seicento anni".

Le labbra di Echo si aprirono in sorpresa, ma non sapeva bene come rispondere a quelle parole. Davanti all'improvviso atteggiamento ostile di Aeric, la sua momentanea attrazione per lui vacillò.

"Scusa", disse, prendendo subito la bottiglia dal tavolo. "È stato un incidente".

Quando si sedette davanti a lui, Aeric la guardò curioso.

Hai molto coraggio a sederti accanto a me, sembrava voler dire.

Echo fece del suo meglio per evitare di alzare gli occhi al cielo. Forse, ogni volta che Rhys la faceva esasperare, avrebbe solo dovuto pensare a come sarebbe stato essere la compagna di Aeric per il resto dei propri giorni. Quello avrebbe dovuto farle apprezzare di più il grande e prepotente uomo che le aveva sconvolto la vita.

"Devo parlarti", disse Echo, ignorando l'occhiataccia che Aeric continuava a rivolgerle. "Non posso restare qui nella villa per sempre, non importa cosa pensa Rhys. Ho un lavoro e una vita che vorrei riprendermi".

Ecco, almeno la parte del lavoro era vera, considerò Echo. La parte della vita sociale... non molto.

"Perché mi stai dicendo questo?" chiese Aeric, chiudendo il libro con un rumore secco. Le lettere dorate sulla copertina attirarono l'attenzione di Echo; erano per la maggior parte incomprensibili, forse era tedesco, ma la parola *Magik* era abbastanza chiara.

"Perché non posso uscire finché questa questione con Pere Mal non sarà risolta. L'unica persona fuori dalla cerchia di Pere Mal che può darci qualche informazione su quello che intende fare è Tee-Elle e lui la tiene in ostaggio. Quindi", spiegò Echo, "devo trovare Tee-Elle. Ormai è scomparsa quasi da una settimana, e voi non l'avete ancora trovata. È ora di provare qualcosa di diverso".

Aeric la fissò per qualche secondo prima di rispondere.

"E tu pensi di poterla trovare?" le chiese, abboccando alla sua esca. Echo fu quasi sul punto di lanciare un urletto di gioia, ma si trattenne.

"Ho un'idea, almeno", disse, lasciando in sospeso la sua velata critica alle abilità dei guardiani con la ricerca magica. "Ma ho anche una condizione".

Aeric sbuffò e incrociò le braccia, appoggiandosi sullo schienale della sedia.

"Hai bisogno del mio aiuto e hai una condizione. Meraviglioso".

Echo arrossì, ma rifiutava di lasciarsi intimorire dall'irritabilità di Aeric. Si appoggio al tavolo e lo fissò con occhi severi.

"Il tuo lavoro è quello di proteggere la città", gli disse. "Pere Mal è una grande minaccia per tutto il mondo, e ancora di più per New Orleans. Io aiuterò te, tanto quanto tu starai aiutando me".

Echo avrebbe giurato di aver visto le labbra di Aeric quasi accennare un sorriso e un pizzico di buon umore illuminargli gli occhi. Ebbe la chiara impressione che l'uomo stesse compatendo Rhys per avere legato con una persona che Aeric trovava irritante.

"Qual è la tua condizione, allora?" le chiese.

"Non voglio che tu lo dica a Rhys. Se il mio piano funziona, ti chiedo di venire con me a prendere Tee-Elle, solo noi due. Penso che entrambi sappiamo bene che Rhys avrà dei problemi con questa storia". Aeric si lasciò andare e tossì incredulo.

"Sono certo di sì".

"Allora?" chiese Echo.

Aeric la studiò per un lungo istante, poi scosse la testa. Echo pensò che stesse rifiutando, ma lui la colse di sorpresa.

"Allora, sentiamo questa idea", disse lui, mettendo da parte il libro.

"Avrò bisogno dello specchio", disse Echo, mordendosi un labbro per un secondo, prima di aggiungere altro, "e un posto appartato per usarlo".

Aeric la guardò sospettoso, poi annuì con un movimento secco della testa. "Vediamoci da me tra venti minuti", le disse. Prese il libro e uscì dalla porta sul retro, diretto in palestra.

Quando non lo vide riapparire, Echo andò nella camera degli ospiti di Rhys e cambiò i sandali con la zeppa per delle scarpe basse. Non riusciva a stare calma; per un po' sfogliò distrattamente delle riviste, cercando di non pensare a nulla finché non si fece l'ora di andare al piano di sopra. Prima di uscire dalla stanza trovò la borsa e prese il suo coltellino svizzero portandolo con sé.

Quando salì, vide che Aeric aveva lasciato aperta la prima porta. Sgattaiolò verso di essa e si affrettò a entrare, fermandosi dopo pochi passi, era sorpresa da ciò che vedeva.

Anche se l'appartamento di Aeric aveva esattamente la

stessa disposizione di quello di Rhys, le stanze non avrebbero potuto essere più diverse. Tanto per cominciare, il soggiorno di Aeric era tappezzato dal pavimento al soffitto di librerie zeppe di libri di ogni forma e grandezza, coprivano ogni centimetro delle pareti tranne la finestra in fondo alla stanza. E poi, le pareti e le librerie erano tutte nere e anche il pavimento era coperto di tappeti neri. C'era qualche pezzo di arredo minimalista vicino alla finestra, e anche se Aeric aveva un tavolo da lettura identico a quello di Rhys, era stato dipinto di nero anche quello. Cavolo, perfino il soffitto era nero e c'erano dei tendaggi che pendevano bassi sulle loro teste, rendendo la stanza ancora più piccola e scura.

La cosa più strana era che l'incantevole finestra era coperta con pensati tende che non lasciavano filtrare la luce, l'unica illuminazione nella stanza proveniva da un paio di lampade soffuse che si trovavano sulla scrivania.

"Hai intenzione di restartene lì?" chiese Aeric, rivolgendole uno sguardo annoiato.

"N... no..." disse Echo, stringendosi tra le braccia, mentre si avvicinava al tavolo.

Aeric aveva posizionato uno specchio ornato sul tavolo, un blocco per gli appunti e una penna erano posati accanto a esso, in caso Echo avesse bisogno di prendere appunti.

Lei prese il coltellino svizzero e Aeric la guardò curioso.

"Userò il sangue per l'esplorazione", disse Echo. "Ho letto ieri un libro a riguardo, di come le persone profondamente connesse tra loro possono cercarsi a vicenda con il sangue".

Aeric sembrò rifletterci, poi annuì lentamente.

"Si può fare, se il legame è abbastanza forte. In genere deve essere un membro della famiglia", disse.

"Funzionerà", disse Echo, il suo tono duro doveva rafforzare la sua stessa fede nel piano.

"Prosegui pure, allora", disse Aeric scrollando le spalle.

"Va bene. Devo solo...", Echo esitò. "Se qualcosa andasse

male, voglio che tu mi fermi. Fammi perdere conoscenza se devi, capito?"

Echo vide un muscolo contrarsi nella sua mascella, ma l'uomo si limitò a un'alzata di spalle. Echo decise di prenderlo come un assenso, quindi si affacciò sullo specchio e iniziò a lavorare.

Usò il coltello per tracciare un taglio sul palmo sinistro, cercando di non allontanare la mano dal dolore causato dalla piccola e affilata lama. Lanciò uno sguardo nervoso verso Aeric, poi premette i palmi delle mani aperti sullo specchio e chiuse gli occhi. Concentrandosi su Tee-Elle e sulla loro storia, Echo evocò il legame che c'era tra loro.

La ricerca si sviluppò nella sua mente, i meccanismi interni dello specchio le apparivano come un'infinita mappa di circuiti finemente intrecciati e collegati a un'enorme scheda madre. Piccole e grandi porzioni di circuito si illuminavano e spegnevano, mentre Echo lavorava per eliminare migliaia di pensieri estranei dalla propria mente, spingendo via tutto ciò che non era collegato a Tee-Elle.

Il sudore cominciò a imperlarle la fronte quando qualcosa le solleticò la mente. Si concentrò al massimo su quella sensazione, cercando di identificare il circuito giusto. Un urlo di frustrazione le scappò dalle labbra, quando la forza dell'incantesimo fu troppa da sostenere e la scaraventò oltre le connessioni che doveva trovare.

"Cazzo", disse Echo aprendo gli occhi.

Aeric la fissava quasi con onesta preoccupazione.

"Non ti sei mossa per un'ora", la informò. "Stavo quasi per metterti fuori gioco. Rhys avrebbe voluto la mia testa se ti fossi fatta del male".

Echo fece un respiro per calmarsi e si asciugò la fronte con la mano pulita. Ritirò l'altra mano dallo specchio, che ora era sporco di sangue, e sospirò.

"Ho un po' esagerato", ammise Echo. "La mia forza

magica è instabile da quando sono arrivata. A volte sembra essere infinita, altre è molto debole".

"Ora è debole, giusto?" chiese Aeric. Posò una bottiglia d'acqua davanti a lei e le fece cenno di bere qualcosa.

"Sì", disse Echo, aprendo la bottiglia e facendo un sorso.

"È Rhys".

Echo lo guardò cercando di capire e bevve altra acqua.

"Cosa vuoi dire?" gli chiese, non essendo sicura di volerlo sapere davvero. "Le streghe…"

"Sono una medium", sbottò Echo, non amando molto quella parola.

Aeric le rivolse uno sguardo impaziente prima di continuare.

"Le medium sono un tipo di streghe", disse lui, con un gesto della mano. "Come stavo dicendo, le streghe assorbono i poteri e ottengono stabilità dalle loro anime gemelle. Sono sorpreso che tu non lo sappia".

Echo posò la bottiglia e rifletté su quelle parole.

"Non ho nessuna medium a cui chiedere", disse lei.

"Devi avere ereditato l'abilità da tua madre", disse Aeric. "È così che si ottiene il dono".

"Beh, mia madre è morta", disse Echo irritata. "Non può, o non vuole, dirmi niente a riguardo. Tee-Elle è l'unica *strega* nella mia famiglia, e lei ha abilità diverse". "Una strega che fa gris-gris", borbottò Aeric.

"Cosa?" chiese Echo.

"Niente, niente", rispose lui, scuotendo la testa. "Non sapevo di tua madre". Echo perse la pazienza.

"Non importa. Torniamo a quello che stavi dicendo prima, sulle anime gemelle".

"Sì", disse Aeric annuendo. "Le streghe sono come… parafulmini, credo si possa dire così. Attraggono il potere dal mondo che le circonda, ma lo attraggono velocemente e in grandi quantità. L'anima gemella aiuta la strega a gestire e immagazzinare l'energia. Evita che la strega faccia esplodere i suoi…"

Aeric fece una pausa, cercando di trovare la parola giusta.

"Fusibili?" suggerì Echo.

"Sì, fusibili".

"Come fa l'anima gemella ad aiutarla e non… ecco, rimanere fulminato?" chiese Echo, abbassando lo sguardo. Desiderava disperatamente che questa conversazione fosse con chiunque altro all'infuori di Aeric, ma doveva sapere la risposta più di quanto avesse bisogno di proteggere la sua modestia.

Aeric sorrise, mostrando i suoi perfetti denti bianchi.

"I compagni sono protetti. Non puoi fulminare Rhys, Echo".

Echo diventò completamente rossa come un peperone, e dovette fare diversi respiri profondi per calmarsi e ignorare l'improvviso divertimento di Aeric.

"Facciamola finita, va bene? L'avevo quasi trovata l'ultima volta" borbottò Echo.

"Aspetta, prima di iniziare", disse Aeric, alzando un dito in aria.

Corse fuori dalla stanza, tornando qualche minuto dopo con un mucchio di vestiti in mano.

"Tieni", le disse porgendoglielo.

Senza neanche chiedere, Echo riconobbe che erano vestiti di Rhys. In realtà poteva *sentire* il suo odore anche da lontano, il che era inquietante. Echo allungò la mano e prese la maglietta dalle mani di lui, non tanto perché Aeric la stesse forzando, ma più perché lei voleva tenerla con sé. Echo voleva per sé tutto ciò che apparteneva a Rhys, non voleva neanche che l'altro guardiano tenesse in mano la sua maglietta. "Penso di stare impazzendo", disse ad alta voce.

Aeric sbuffò e riprese la maglietta per adagiarla sulle spalle di Echo. L'odore di Rhys invase i suoi sensi, e la tensione che provava si allentò un po'. Fino a quel momento non aveva neanche percepito quella sensazione.

"Meglio?" chiese Aeric con lo sguardo furbo.

Echo gli lanciò un'occhiataccia, ma non rispose, girandosi verso lo specchio. Si morse il labbro e questa volta si tagliò l'altro palmo, posandolo con forza sullo specchio.

Aprì di nuovo la mente, pensando alla scheda di circuiti per farla apparire. Questa volta quando esaminò la rete, i suoi sensi erano molto più acuti. Sentì subito una possibile connessione, e la seguì senza esitazione. La sua ricerca fu lenta e tranquilla, e alla fine la chiuse su una sezione di circuiti che brillava.

"Ah", disse in un sospiro. Una luce lampeggiò, una piccola informazione pronta per essere colta. Echo la prese, chiudendo la luce dentro sé stessa, e delle immagini iniziarono a formarsi nella sua mente. Echo trovò prima Tee-Elle, poi iniziò lentamente a indietreggiare, scoprendo a ogni passo un piccolo pezzo di panorama.

Tee-Elle che cercava di aprire una serratura in una piccola e scura stanzetta. Una casa bianca di tre piani rivestita di vernice scrostata. I numero 227 sulla porta d'ingresso. La strada ben tenuta e dall'aspetto familiare. Il quartiere, con tanto di cartello.

Benvenuti nella storica Algiers Point, recitava.

"L'ho trovata!" urlò Echo.

Lasciò che la visione scomparisse, aprendo gli occhi con un sorriso sollevato. Per un secondo fu profondamente confusa. Poi si rese conto che Aeric non era nei paraggi. Al suo posto c'era Rhys, e sembrava terribilmente arrabbiato.

"Oh… ciao?" disse lei, arricciando il naso. "Quante possibilità ci sono che Aeric *non* ti abbia detto del mio piano?"

"Zero", disse Rhys, incrociando le braccia. I suoi occhi erano quasi neri, invece che verde smeraldo, e sembrava stesse facendo molta fatica a trattenere la sua rabbia per non riversarla su Echo.

L'uomo le prese le mani e le girò verso l'alto, la sua mascella si indurì mentre esaminava i tagli che si era fatta con il coltellino svizzero.

"Non dovevi farti del male. Avrei trovato tua zia anche senza il tuo sangue", ruggì.

"Quando sarebbe successo?" chiese lei, le parole le uscirono di bocca prima che potesse pensarci.

Rhys lasciò la presa e si girò iniziando a fare avanti e indietro nella stanza. Ogni muscolo del suo corpo era in tensione ed Echo poteva vedere mentre apriva e chiudeva i pugni.

"Sapevamo già che si trova ad Algiers Point. Avremo trovato la casa tra qualche ora", disse a denti stretti.

"Oh", disse Echo, sussultando. Era riuscita a insultare la capacità di fare il suo lavoro *e* insinuare che non si fidava di lui, il tutto in una sola frase.

Guardò Rhys camminare fino alla finestra, dove scostò le tende scure per lasciare entrare un raggio di luce.

"Dimmi il numero della casa, Echo", disse Rhys, massaggiandosi il collo con una mano.

Echo dovette sforzarsi molto per non dargli subito quello che voleva, così da alleviare il dolore che aveva causato ferendo il suo orgoglio.

"Voglio venire con voi", disse lei.

Rhys restò immobile, per un momento Echo pensò che la vena che gli pulsava sul collo potesse esplodere.

"Stai cercando di uccidermi, donna?" ruggì. "Prima eviti il mio letto. Poi metti in dubbio la mia capacità di svolgere il mio lavoro. E ora pensi che abbia bisogno di una babysitter mentre combatto?"

Echo si morse un labbro e scosse la testa.

"Io non… non volevo dire quello, Rhys".

Rhys si voltò lentamente verso di lei, immobilizzandola con uno sguardo di ghiaccio.

"Non verrai con noi. Resterai qui, dove so che sarai al sicuro".

Echo abbassò lo sguardo sul tavolo, tracciando con un dito un nodo del legno.

"Guardami!" le disse Rhys con voce potente. All'improvviso fu accanto a lei e la fece alzare. Echo lo fissò, sorpresa dalla violenza della sua insistenza.

"Dimmi che farai come ti ho detto" le disse Rhys.

"Io…" vacillò Echo.

"Se metti piede fuori da questa casa, ti punirò", proseguì lui. "Ora dimmi che farai la brava".

Dopo un attimo di esitazione, Echo annuì. Rhys studiò il suo volto per un lungo istante, prima di lasciarla andare. Lei pensò di scappare via, ma invece lui le prese un polso e la trascinò fuori dalla stanza di Aeric.

"Non tornare più su questo piano", borbottò Rhys mentre la guidava verso le sue stanze.

Echo trattenne il sospiro che stava per sfuggirle, limitandosi ad annuire. Rhys la portò nella propria stanza e la fece sedere sul letto, facendola aspettare mentre prendeva il kit del primo soccorso.

Erano immersi nel silenzio mentre lui le puliva e fasciava le ferite, stringendo lo strano legame che c'era tra di loro con ogni tocco. Con sorpresa, Echo notò che era molto dolce, soprattutto dopo aver visto l'attitudine dominante solo qualche minuto prima.

Dopo averla accudita, Rhys sedette sul letto accanto a lei e le mise una mano intorno alla vita, avvicinandola a sé. Le piegò la testa verso l'alto e cercò le sue labbra, dandole un bacio profondo e affamato.

Sembrava che il suo futuro compagno fosse influenzato

quasi quanto lei dall'insoddisfacente divisione notturna, il che le faceva girare la testa.

"Dimmi il numero dalla casa", disse lui mentre interrompeva il bacio.

Echo lo guardò accigliata, chiedendosi se il bacio fosse stato solo un modo per indurla a dargli l'informazione. Ma un solo sguardo nel verde dei suoi occhi bastò a farsi trascinare dal loro legame, facendo sì che le sue labbra si aprissero senza che lei desse il consenso.

"Due, due, sette, Pacific Avenue", disse lei prima di poter resistere.

Un tocco di allegria sembrò ravvivare l'espressione di Rhys mentre posava un altro bacio sulle labbra di Echo. Andò via troppo presto, lasciandola ad attendere.

"Mi aspetto di vederti nel mio letto quando tornerò", le disse, facendola arrossire con quella frase così diretta. "Penso che ti piacerà tanto quanto a me".

Con questa ultima frase si girò e si diresse al piano di sotto, sicuramente per aggiornare i guardiani riguardo la missione. Echo fece la linguaccia rivolta alla schiena di lui, poi si lasciò cadere sul letto con un grugnito di rabbia.

"Stronzo", sussurrò, ma il suo cuore non era d'accordo.

Rhys era un maschio alfa, la sua indole dominante era una parte fondamentale della sua personalità. Era prepotente e portato per il comando, e queste cose lo rendevano tanto attraente quanto irritante. Era inutile negare che le stesse cose che la facevano esasperare, erano le stesse le facevano bagnare gli slip.

Eppure, non voleva dire che lei dovesse restarsene con le mani in mano e accettare tutto, giusto? Quale uomo poteva volere una partner che non gli facesse un po' di resistenza e che non prendesse l'iniziativa? Gli amici di Echo all'Università di Layola avevano un nome per le donne a cui mancava una certa scintilla, sia sotto le coperte che nella personalità: *amebe*, era così che le chiamavano.

Echo strinse le labbra per trattenere una risatina. Era molte cose, ma di certo non era un'ameba. Si sedette e si guardò intorno, pensando. Rifletté per qualche momento, cercando di farsi venire una buona idea. Aveva pensato a diverse cose, e le aveva scartate tutte perché troppo inutili o troppo simili a infrangere la promessa fatta a Rhys.

Finalmente le si accese una lampadina nel cervello, e sorrise soddisfatta. *E se potessi... se potessi solo guardare, senza essere lì? Non dovrei lasciare la villa.*

Echo saltò in piedi e sgattaiolò al piano di sopra, nelle camere di Aeric, ignorando deliberatamente l'ordine di Rhys di non metterci più piede. Prese lo specchio e corse al pianoterra, posando lo specchio sul grande tavolo da pranzo.

Non aveva bisogno di sangue questa volta, la sua connessione con Rhys era già abbastanza forte da riuscire praticamente a sentirlo anche così. Era abbastanza sicura che sarebbe bastato cercare lui nello specchio. Poi avrebbe potuto semplicemente guardare la scena, mettendo a tacere la sua ansia senza sfidare l'ordine di Rhys.

Posò le mani fasciate sullo specchio e poi chiuse gli occhi. Un secondo dopo lanciò un urlo e indietreggiò, scuotendo le dita brucianti.

"Che cazzo?" si lamentò, guardando le dita rosse. "Hanno fatto una maledizione allo stupido specchio? Uff!!!"

Echo fissò lo specchio per qualche secondo, poi lo prese dal tavolo. La maledizione era probabilmente collegata agli incantesimi di protezione della villa, come la maggior parte degli incantesimi di Gabriel. Quindi, aveva bisogno di uscire per qualche momento dall'area protetta per far funzionare l'incantesimo di ricerca.

Sorridendo per la sua furbizia, Echo stava praticamente saltellando mentre usciva dalla porta principale. Degli ampi scalini di marmo scendevano dal portico anteriore della villa e finivano in strada, ed Echo ne discese uno alla volta con cautela. Le protezioni finivano all'ultimo scalino, quindi Echo si appostò su una panchina a qualche metro di distanza. Abbastanza vicina da nascondersi se fosse stata in pericolo. Forse.

Echo posò lo specchio sulle ginocchia e aprì le mani su di esso, ma un lieve rumore interruppe il suo lavoro. Inclinò la testa, ascoltando con attenzione. Sembrava come... qualcuno che piangeva?

Alzandosi, Echo posò lo specchio sui gradini protetti della villa prima di voltarsi e guardarsi intorno. Ci volle qualche secondo per trovare la fonte di quel suono, ma alla fine vide una piccola figura rannicchiata a terra, proprio dall'altro lato del vecchio cancello di metallo che delimitava il cortile della villa.

"Ehi", chiamò Echo. "Tutto bene?"

La figura si girò, rivelando una bambina con i capelli neri e una faccia rigata dalle lacrime.

"Stai bene?" provò di nuovo Echo.

"Ho perso la mamma", disse la bambina, facendo una smorfia e lasciandosi andare a una nuova mandata di lacrime.

"Va bene, non preoccuparti", disse Echo, lanciando uno sguardo oltre la propria spalla. La porta della villa si spalancò, voleva dire che Duverjay sarebbe apparso da un momento all'altro. Probabilmente stava per prendere Echo di peso e riportarla nel terreno protetto della villa, e al diavolo la bambina.

Aprendo il cancello, Echo fece un passo verso di lei.

"Perché non vieni dentro?" chiese Echo.

"Non posso", disse la bambina, singhiozzando.

"Perché no? Posso chiamare la polizia, e possiamo sederci insieme qui sui gradini", disse Echo, guardando verso la casa.

Duverjay stava effettivamente scendendo le scale, Echo vide la sua bocca aprirsi e pensò che sicuramente voleva sgridarla per la sua impertinenza.

Si voltò verso la bambina e restò raggelata. Non c'era nessuna bambina, solo una creatura alta e spaventosa, la sua pelle viscida era blu, aveva degli artigli ricurvi e più denti affilati di quanti Echo potesse contarne.

"Cazzo!" disse Echo, indietreggiando, ma era fin troppo lenta. "No, no, no!"

La creatura sembrò sogghignare mentre le prendeva le braccia e la tirava verso di sé, soffiando verso Duverjay. Il maggiordomo sollevò una balestra d'argento e sparò un colpo. Il mostro ululò dal dolore, il suono era incredibilmente forte. Il mondo intero rallentò per qualche momento e il cuore di Echo iniziò a battere all'impazzata quando si rese conto che la creatura stava cercando di trascinarla di nuovo in un varco tra i mondi.

Echo non fece più resistenza contro la creatura, cadendole addosso. Colta di sorpresa, la creatura la lasciò andare per un attimo, fu abbastanza perché Echo posasse le mani sulla creatura e lasciasse andare un'onda di potere.

L'ululato si interruppe quando la sua magia iniziò a percorrere il corpo della creatura, avvolgendola in una sfera di luce e calore. Un secondo, era lì che la guardava con la bocca aperta e i denti affilati pronti a chiudersi. Il secondo dopo, era distrutta.

Echo fece un respiro profondo mentre le cedevano le ginocchia. Era vagamente cosciente del fatto che Duverjay l'avesse sollevata da terra per riportarla nella villa. La stanchezza ebbe la meglio su di lei e svenne, ma l'ultimo pensiero che le passò per la testa fu che forse, dopo tutto, aveva sottovalutato il maggiordomo.

CAPITOLO DODICI
RHYS

Rhys entrò a grandi falcate nella villa, lanciando a Gabriel uno sguardo tagliente. L'uomo teneva un braccio intorno alla piccola zia Ella, che sembrava potesse collassare da un momento all'altro per la stanchezza. Duverjay li accolse all'entrata, facendo un piccolo inchino maldestro rivolto a Rhys.

"La sua signora è sopra a riposare", gli disse il maggiordomo. Duverjay lo aveva aggiornato con un messaggio riguardo alla fuga quasi disastrosa di Echo, che senza dubbio anticipava la furia dell'uomo per non essere riuscito a tenerla nella villa per neanche un'ora.

Rhys rivolse un cenno della testa a Duverjay e il maggiordomo si dileguò. Rhys si voltò verso Gabriel, Aeric e Tee-Elle.

"Gabriel la porterà di sopra per riposare un po'", disse Rhys, stringendo affettuosamente la mano di Tee-Elle. "Farà colazione con Echo domani mattina, appena si sentirà in forze".

"Sei troppo gentile", disse Tee-Elle, con un sorriso accennato e dandogli una pacca sul braccio. "Deve essere per questo che piaci così tanto alla mia Echo".

Rhys puntò lo sguardo sul secondo piano, e cercò di tenere un'espressione neutra. Dentro di sé provava solo un'intensa rabbia, ma la povera Tee-Elle non aveva bisogno di saperlo.

"Sarà per questo", borbottò Rhys. "Gabriel, accompagnala di sopra, per favore".

Gabriel fece l'occhiolino a Tee-Elle, che rise, e i due si trascinarono lentamente al piano di sopra nella camera degli ospiti di Aeric. L'uomo aveva già dato permesso a Rhys di ospitarla lì finché non potessero trovare qualcosa di più permanente per lei.

"Probabilmente dovrai darle un paio di schiaffi".

Lo sguardo di Rhys scattò su Aeric, che sembrava fin troppo divertito.

"Sta' zitto. Spero che quando troverai la tua compagna lei ti torturi almeno il doppio. Anzi, il triplo". Aeric si limitò ad accennare un sorriso e scuotere le spalle.

"Ho mille anni. Se non ho ancora trovato la mia compagna, le possibilità di farlo ora sono quasi nulle", rispose Aeric.

Rhys cercò di non guardarlo a bocca aperta mentre l'altro si voltava e dirigeva nel soggiorno. Mille anni? Rhys sapeva che gli orsi mutaforma potevano vivere per centinaia di anni, ma mille anni? Non aveva mai sentito di una cosa del genere. Senza contare il fatto che Aeric fosse nel fiore degli anni, in forma e scattante come tutti gli altri che Rhys aveva incontrato.

La piccola rivelazione di Aeric aiutò Rhys a calmarsi, una distrazione che accolse con piacere. La sua rabbia scemò mentre saliva le scale, e quando trovò Echo profondamente addormentata sul letto gli fu molto difficile tenere in vita la sua ira.

Quando si sedette accanto a lei sul letto Echo si mosse, sbatté le palpebre e si stiracchiò. Si bloccò quando lo vide, mordendosi il labbro.

"Non stavo cercando di scappare", disse subito, un incantevole rossore le colorava le guance.

"No?" chiese Rhys, alzando un sopracciglio. Era difficile non sorriderle; era troppo dolce e vulnerabile in quel momento, avvolta nella coperta mentre si scostava dal viso la massa di capelli biondi.

"Volevo solo guardare", sospirò. "È per questo che avevo lo specchio. Ma qualcuno lo ha incantato perché mi pungesse se avessi cercato di usarlo, quindi sono dovuta uscire dalle protezioni".

Rhys rifletté su quelle parole per un momento, scuotendo la testa. Non solo aveva disobbedito a ciò che le aveva chiesto, ma era riuscita a mettersi anche in maggiore pericolo facendolo. Echo non sembrava una che prendeva bene gli ordini, e Rhys si sarebbe dovuto aspettare una cosa del genere. Aveva, in effetti, persino pensato di avvisare Duverjay. Purtroppo, Echo si era rivelata troppo sfuggente per il maggiordomo, nonostante fosse un ficcanaso.

"Capisco", disse Rhys, scegliendo di far cadere l'argomento.

"Sì?" chiese Echo, mettendosi a sedere e avvicinandosi a lui. "Pensavo che saresti stato molto arrabbiato". Rhys sorrise.

"Oh, lo sono", la rassicurò. "Anzi, sono furioso. Con te, e con Duverjay. Avrebbe dovuto tenerti d'occhio".

L'espressione di Echo si rabbuiò, e lui vide che avrebbe voluto discutere della cosa. Lo fissò a lungo, poi alzò gli occhi al cielo.

"Come ti pare", concluse lei, abbassando lo sguardo di sfida.

"Echo", disse Rhys, avvicinandosi e posandole una mano sulla guancia.

Lei lo guardò con i suoi incredibili occhi color ametista, aprì leggermente le labbra per parlare, ma Rhys interruppe la sua risposta con un bacio. Cercò di darle un bacio dolce e giocoso, ma Echo non gli permetteva neanche di avere quel tanto di autocontrollo. Rispose con grande passione, afferrandogli le spalle e lasciandosi scappare un lieve gemito.

Rhys approfondì il bacio, le loro lingue si intrecciarono, stuzzicandosi e danzando finché non furono entrambi senza fiato. Rhys dovette sforzarsi per tirarsi indietro.

"Sei ferita? Dimmi la verità", chiese lui, guardandola bene in faccia.

"No", sussurrò lei. "Non ho neanche un graffio".

Rhys le catturò di nuovo le labbra con un gemito affamato, lasciandola andare solo per toglierle il vestitino verde che indossava. Quando si rese conto che in realtà indossava la sua maglietta sentì un'esplosione nel petto. Restò a fissarla, indossava solo dei minuscoli slip bianchi e il suo odore, sapeva che doveva possederla. Non avrebbero aspettato oltre. Rhys si sfilò la maglietta strappandola, poi fece sdraiare Echo sulla morbida e spessa coperta.

Le sollevò le braccia oltre la testa, tenendole ferme mentre ammirava l'elegante arco del suo petto nudo, la perfezione di quei seni esposti al suo sguardo. I capezzoli di lei erano già turgidi e Rhys notò che aveva la pelle d'oca sulle braccia e sulle costole.

Si chinò, tenendole fermi i polsi con una mano, e fece scorrere la lingua su uno dei suoi capezzoli scuri e perfetti. La desiderava sempre di più mentre mordicchiava e succhiava, ed Echo sotto di lui aveva il respiro affannato. Lasciandole le mani, le prese i seni e li strinse dolcemente, stuzzicandola con la lingua e i denti finché lei non iniziò a dimenarsi sotto di lui.

Le unghie di Echo percorrevano la schiena di lui tracciando linee sconnesse, e Rhys aveva l'impressione che in pochi minuti avrebbe iniziato a lasciare dei segni. Il pensiero di vedere Echo nel pieno della passione spinse Rhys a proseguire, si sollevò e le sfilò gli slip. Echo sollevò i fianchi per aiutarlo, ma prima che lui potesse scendere di nuovo, lei lo fermò posandogli una mano sul petto.

"Voglio vedere tutto di te", disse, mordicchiandosi il labbro inferiore.

La mano di Echo si posò sulla cintura dei pantaloni di Rhys, iniziando a sbottonarli e aprirli per poi abbassarli oltre i suoi fianchi. Rhys fece un passo indietro sul letto e si liberò completamente dai pantaloni, apprezzando lo sguardo imbambolato di Echo mentre esaminava il suo corpo completamente nudo. La sua erezione faceva mostra di sé con orgoglio, grande e dura di desiderio per lei, e quando tornò accanto a lei emise un suono gutturale mentre Echo lo avvolgeva con dita tremanti.

In un'altra occasione avrebbe riso all'espressione sorpresa sul suo volto, ma Echo esplorò la sua lunghezza con diverse carezze incerte, facendolo rabbrividire. Quando Echo si leccò le labbra e lo guardò come a chiedergli il permesso, Rhys scosse la testa.

"Se usi la bocca, non durerò mai", disse. "Ti desidero da quando ho posato gli occhi su di te".

Echo lo sorprese con un sorriso, "Sarò veloce, lo prometto", disse, facendolo sdraiare sulla schiena.

"È di questo che ho paura", disse Rhys, ma non cercò di fermarla mentre lei si spostava verso il basso.

Echo mosse ritmicamente la mano stringendo l'erezione, poi leccò la punta con rapidi movimenti della lingua, facendo quasi impazzire Rhys. Quando il soffice calore della sua bocca lo avvolse, dovette fare appello a tutte le sue forze per non disturbarla. Tutto ciò che voleva in quel momento era metterle una mano dietro la testa, posizionarla nell'angolo giusto e scoparle la bocca in completo abbandono. Lo aveva immaginato infinite volte durante la settimana appena trascorsa, come sarebbe stato sentire Echo prenderlo completamente in bocca.

Il cuore gli martellava nel petto e fu quasi sofferente nell'allontanarla. Aveva bisogno di possederla veramente, sigillare il loro legame con un morso di accoppiamento. E poi, voleva impressionarla con le sue abilità al letto, qualcosa che non sarebbe di certo successo se fosse venuto nella sua bocca come un verginello. Ma quella bocca era la cosa più dolce che avesse mai provato.

Allontanando Echo con delicatezza, la sollevò verso di sé

finché non fu completamente sdraiata su di lui. La baciò con passione e gemette al sentire il proprio sapore sulla sua bocca.

Echo fece scivolare la mano tra i loro corpi e lo afferrò di nuovo, allineandosi a lui. Rhys rimase sorpreso nel sentire quanto fosse bagnata quando la punta della sua erezione incontrò l'accogliente entrata di lei; sentirla così pronta lo faceva impazzire e sapeva di dover prendere il controllo, altrimenti lei lo avrebbe fatto vergognare.

Rhys sorrise al piccolo sussulto di Echo nel sentirsi girare e cadere sul letto, poi le aprì le gambe, afferrando la propria erezione massaggiò il sesso di Echo dal clitoride alla sua dolce entrata.

Echo si dimenò per il piacere e Rhys fu sconfitto tanto dal desiderio di lei quanto dal proprio. Si concesse un minuto per concentrarsi sul clitoride di lei, massaggiandolo con un pollice mentre spingeva con la sua generosa erezione sull'entrata di lei, godendosi i suoi gemiti di frustrazione. Lei gli afferrò le spalle, cercando di avvicinarlo a sé, ma Rhys fece in modo da prolungare quel momento, voleva assaporare tutto della loro prima volta.

Quando lei scattò con i fianchi contro il suo bacino, forzando l'erezione di Rhys dentro di sé, lui perse un po' del suo prezioso autocontrollo. La afferrò per i fianchi e la guardò in faccia mentre si apriva un varco tra le sue dolci pieghe, scivolando fino in fondo con una spinta possente e aprendo il suo corpo per lui.

"Oh!" urlò Echo, mentre Rhys emise un gemito soddisfatto nel sentire le pareti di lei stringersi sul suo membro.

"Cazzo, sei perfetta", disse a denti stretti. "Così stretta".

Spinse ancora, non riusciva a crederci. Sapeva che sarebbe stata fantastica, ma questo andava oltre ogni sua immaginazione. Ogni scivoloso centimetro di quella caverna umida si stringeva con forza su di lui, e dovette concentrarsi per non venire subito.

"Rhys", disse Echo con voce tremante. "Io..."

Non c'era bisogno che gli dicesse di essere vicina a venire, lui riusciva a sentirlo. In effetti, mentre Rhys era riuscito a raggiungere un ritmo costante, scivolando dentro e fuori dalla sua stretta e calda apertura, iniziò a provare qualcosa che andava oltre il suo stesso piacere. Riusciva a percepire anche un po' del piacere di Echo, raddoppiando il suo godimento.

Era sopraffatto, e non aveva mai provato niente di così incredibile. Rhys rallentò per sollevare le ginocchia di Echo oltre le sue spalle, poi affondò in lei con forza.

"Rhys!" gridò Echo. Se non fosse stato in grado di sentire il suo piacere, avrebbe pensato di essere sul punto di ucciderla.

La possedette con forza e passione, lasciandosi andare alla sensazione dei loro corpi che si muovevano all'unisono, afferrando i suoi incredibili seni mentre affondava in lei e sentendo i muscoli di Echo stringersi su di lui.

Fece scivolare una mano sul sedere di lei sollevandola di qualche centimetro, allineandola in un'angolazione perfetta...

Echo urlò ancora, la sua voce gli fece perdere la concentrazione, ma Rhys si limitò a rivolgerle un largo sorriso. A quanto pareva aveva trovato il punto giusto, perché Echo scatto su di lui, avvinghiandolo con la forza dei suoi muscoli più segreti. Aveva un'espressione di pura beatitudine mentre veniva, il suo orgasmo era incredibile e potente.

Solo allora Rhys la lasciò di nuovo sul materasso e si concentrò su di sé, riuscendo a completare solo un paio di spinte prima di sentire il proprio corpo irrigidirsi. L'orgasmo lo colse quasi di sorpresa, facendolo urlare a voce alta mentre si lasciava andare nel corpo di Echo. Imprecò mentre riversava fino all'ultima goccia nella compagna, il suo corpo lo stava prosciugando.

Rhys affondò la faccia nel collo di Echo, mordendo il punto più sensibile, dove la spalla si congiungeva con la gola. Echo gemette e rabbrividì di piacere e dolore, le sensazioni erano così forti che Rhys le sentì risuonare nelle sue ossa. Quando la lasciò andare si concedette del tempo per leccare il segno, usando il legame per guarire la ferita e lasciando visibile il fresco marchio rosso dell'accoppiamento. Lasciava il proprio simbolo sulla carne di lei, il seme nel suo corpo e rivendicava il suo cuore.

D'improvviso, Rhys fu completo finalmente.

Diede un ultimo lungo e profondo bacio a Echo prima di indietreggiare e collassare accanto a lei. La avvicinò a sé, soddisfatto per il momento di averla accanto e recuperare le forze, mentre sentiva il respiro affannato della compagna.

12

ECHO

"Voglio che tu venga a lavorare per i guardiani, piccola".

Echo si girò per guardare Rhys in faccia, il suo cuore fece un tuffo quando i loro sguardi si incontrarono. La sua mente si lasciò distrarre, pensava che ora era *suo* e sentì il corpo avvampare riflettendo sulle implicazioni. Erano passati solo due giorni da quando avevano sugellato il loro legame, ma Echo e Rhys sembravano fare a gara per vedere chi sarebbe riuscito ad esaurire l'altro per primo, il desiderio che provavano era ricambiato e cresceva di ora in ora.

"Echo?" disse Rhys interrompendo il flusso dei suoi pensieri.

"Ehm, eh?" chiese lei.

Un sorriso si allargò sulla faccia di Rhys, ed Echo dovette resistere all'impulso di leccarsi le labbra e attirarlo a sé per un bacio eccitante.

"Ti ho chiesto di venire a lavorare con i guardiani", le ricordò lui.

"Oh. Ehm... cosa?" chiese di nuovo, confusa.

"Ho parlato con Mere Marie, anche lei dice che dovremmo chiederti di lavorare con noi". Echo lo guardò dubbiosa.

"Vuoi solo tenermi vicino a te, così puoi controllarmi", disse alla fine. Quello era il secondo giorno in cui aveva fatto ritorno al suo lavoro nel Quartiere francese, e Rhys non aveva fatto niente per nascondere il suo disappunto; anzi era stato molto onesto a riguardo. Sempre che sia possibile dire che un uomo come Rhys aveva messo il broncio, era proprio quello che aveva fatto.

"Sì", disse lui, prendendole la mano, quando la sollevò per dargli uno schiaffo sul braccio. Girò le dita di lei nella propria mano, posandovi un bacio. "Non arrabbiarti. Non sopporto l'idea di sapere che sei in giro senza nessuno a proteggerti".

"Rhys", disse Echo, stringendogli la mano prima di ritirare la propria. "Dovrai abituarti. Non puoi seguirmi tutto il giorno, tutti i giorni, non importa dove io stia lavorando. Sono una persona indipendente, e merito la mia privacy, se questo è quello che voglio".

Rhys la guardò poco convinto, ma non osò contraddirla.

"Non è la sola ragione per cui ti voglio a lavorare con noi", disse, cambiando tattica.

"Ah, sì?" chiese Echo scettica.

"Abbiamo bisogno di qualcuno che gestisca le questioni quotidiane dei guardiani. Prendere telefonate, aggiornare la banca dati, cose così".

"Non avete Duverjay per questo?" chiese Echo.

"Non proprio. Si occupa delle cose più domestiche, e basta. Duverjay è stato molto chiaro a riguardo", disse Rhys.

Echo ci pensò su, arricciando le labbra.

"Non sono sicura di essere adatta. Non ho mai avuto un lavoro d'ufficio, o qualcosa del genere", disse.

"Non penso sarebbe proprio così, non credo che molti lavori d'ufficio si occupino di seguire le tracce di attacchi di vampiri e storie di streghe che resuscitano i morti", le rispose Rhys.

Echo non riuscì a trattenere una risatina.

"No, immagino di no".

"E poi, da quanto mi hai detto, hai tutte le abilità di base che servono. Dove lavori ora ti occupi dell'orario dei dipendenti, è simile a organizzare il nostro programma di pattuglia. Fai l'inventario e ti occupi di tenere traccia delle vendite, sarebbe come occuparti della banca dati dei Kith. Hai a che fare con un sacco di gente ubriaca nel Quartiere francese, e questo dovrebbe averti preparata a parlare con Aeric".

Gli occhi di Rhys erano vivaci e ridevano alla sua stessa battuta, ma sapevano entrambi che non era troppo lontano dalla realtà. Aeric era irritabile anche nel migliore dei casi, ed Echo ancora non lo aveva visto di cattivo umore.

"Ci penserò", disse lei. Incrociò lo sguardo di Rhys fissandolo per qualche istante, poi sorrise. "Lo farò, te lo prometto. È solo che... è troppo. Non abbiamo ancora parlato di altre cose importanti, per esempio del mio appartamento".

"Ovviamente puoi trasferirti qui", disse Rhys aggrottando la fronte.

"E dopo che avrai lasciato i guardiani?" Chiese Echo.

Rhys rimase in silenzio, ed Echo si rese conto di aver toccato un nervo scoperto.

"Non sai quando potrai farlo?" chiese.

"No", disse Rhys, alzandosi di scatto. "Sarà al servizio di Mere Marie finché non mi solleverà dall'incarico".

"Ehi", disse Echo prendendogli la mano e facendolo sedere di nuovo sul letto per dargli un bacio. "Va tutto bene. Vorrà dire che starò qui finché lavorerai per lei. Ok?"

Rhys restò a guardarla per qualche istante e lei vide le emozioni scorrere sul suo viso. Lei lo abbracciò avvolgendogli le braccia intorno alla vita e baciò i suoi addominali nudi e muscolosi.

"Dovrei essere licenziato", sospirò Rhys. "È il mio turno di uscire di pattuglia. Aeric e Gabriel mi hanno coperto da quando sei arrivata, e penso che siano un po' infastiditi".

"Direi più gelosi", ribatté Echo divertita.

"Sì", rispose Rhys, chinandosi per darle un ultimo bacio. Si girò e andò in bagno per fare una doccia, permettendo a Echo di ammirare il suo corpo nudo in movimento.

"Uff", disse tra sé, lasciandosi cadere sul letto. Da una parte, c'erano state delle tensioni negli ultimi giorni. Lei e Rhys erano profondamente connessi, ma erano anche indipendenti per natura. Senza contare che erano anche ostinati, una caratteristica che abbondava in entrambi. Tra momenti di sesso spettacolare, litigavano riguardo il loro futuro insieme. Rhys non parlava esplicitamente dei suoi desideri, chiedeva solo di poter "proteggere la sua compagna". Echo, invece, era più pratica e aveva bisogno di sapere dove avrebbero vissuto, come avrebbero risolto le divergenze, cose così.

Per ora, si erano limitati a discutere per poi finire a fare sesso per diverse ore finché non erano entrambi troppo stanchi per continuare a parlare. C'era ancora un grande quesito, che ruotava intorno a Pere Mal e le Tre Luci.

Tee-Elle alla fine si era stancata della preoccupazione eccessiva dei guardiani, insistendo per tornare a casa. Però, prima che la zia di Echo andasse via si erano radunati tutti al pianoterra, intorno al grande tavolo, per discutere della situazione. Tee-Elle aveva raccontato loro tutto quello che sapeva delle Tre Luci, e Gabriel aveva aggiunto alcune informazioni che aveva scoperto con le sue ricerche.

L'ovvia conclusione era che Echo fosse la Prima Luce per via delle sue abilità medianiche, il che voleva dire che la

Seconda e la Terza Luce sarebbero state scoperte dopo aver contattato uno spirito al di là del velo. L'identità di questo spirito, però, era sconosciuta a tutti loro, ma Echo aveva raccontato quello che aveva scoperto e che secondo lei poteva essere la soluzione più probabile.

"Dovrei visitare i Cancelli di Guinee ed esplorare ciò che si trova oltre il velo", disse, guardandosi intorno quasi esasperata.

Rhys fu subito contrario, ovviamente, arrabbiato al solo pensarci, nonostante non sapesse nulla di medium o di cosa si trovasse dall'altro lato del velo. Ad essere onesti, neanche Echo sapevo cosa ci fosse, ma aveva la sensazione che avrebbe potuto rispondere a molte delle loro domande con un semplice viaggio oltre il velo. Dopotutto, era per questo che Pere Mal la voleva, no?

Echo tornò a raggomitolarsi nel letto di Rhys. Anche se avrebbe dovuto dire il loro letto, pensò. Rhys era meraviglioso, la faceva sentire al sicuro, desiderata e amata, ma la sua insistenza nel non lasciarla aiutare doveva cambiare.

Echo chiuse gli occhi, pensando di approfittare di un paio di ore di sonno prima di alzarsi e iniziare la giornata. Se voleva davvero prendere una pausa dal lavoro, il negozio che praticamente gestiva da sola da più di cinque anni, avrebbe avuto bisogno di una bella notte di riposo. Adorava i proprietari, e dirgli addio sarebbe stato molto difficile.

Echo doveva essersi addormentata senza rendersene conto, perché poco dopo si trovò sulla scalinata davanti alla villa, faccia a faccia con un uomo dall'aspetto familiare. Era incredibilmente alto, aveva un bel viso ispanico, un completo elegante... e degli affascinanti e inquietanti occhi di fuoco.

"Pere Mal", disse Echo in un sussurro.

"L'unico e solo", rispose lui, guardandola dall'alto in basso.

Echo abbassò gli occhi per guardare il proprio corpo, fece una faccia perplessa quando si rese conto di indossare solo una larga maglietta di Rhys. Quando alzò nuovamente gli occhi, Pere Mal sembrava divertito.

"Potresti almeno vestirmi?" sbottò Echo, incrociando le braccia sul petto.

"È il suo sogno, chérie", disse Pere Mal, la sua sembrava solo una patetica scusa. "Sei tu a decidere come vestire".

Echo si concentrò e si immaginò mentre indossava un paio di jeans e una camicetta, quando aprì gli occhi era vestita proprio così.

"Come sei arrivato qui, se questo è il mio sogno?" chiese, alzando lo sguardo verso Pere Mal. Era etereo in modo sovrannaturale e fissarlo troppo a lungo le fece venire la pelle d'oca.

"Difficile a dirsi, chérie. Forse una parte di te voleva parlarmi, n'est-ce pass?"

Echo si morse il labbro. Forse aveva ragione. Non voleva esattamente interagire con lui, ma voleva risolvere la situazione, così avrebbe potuto dare inizio alla sua vita con Rhys senza guardarsi continuamente alle spalle.

"Perché sei qui, allora?" chiese lei di nuovo. "Dubito che tu sia qui per aiutarmi".

"Pensi di no?" chiese Pere Mal, rivolgendole uno sguardo indagatore.

"Non sembri il tipo", rispose Echo con una scrollata di spalle. "Oh, e sei un rapitore che manda i suoi scagnozzi a casa di piccole signore indifese per picchiarle".

Pere Mal sembrò preso in contropiede, poi rise.

"Stai parlando di tua zia", disse sorridendo. "Lei è più che capace di prendersi cura di sé stessa, te lo assicuro. Se avessi voluto farle del male, sarebbe stato molto più difficile che intrappolarla in una stanza sorvegliata. E poi, preferisco andare direttamente alla fonte. Tee-Elle non può darmi cosa voglio".

"Neanche io", disse Echo, portando i pugni ai fianchi.

"Certo che puoi. Fai un veloce viaggetto oltre il velo, parli con un paio di spiriti. Poi non mi vedrai mai più", rispose lui alzando le spalle.

"Ehm, ne dubito. Rhys è un guardiano, quindi penso che ci vedremo molto spesso in futuro", ribatté Echo.

"Se lo dici tu, chérie", disse Pere Mal. "Penso che tu ed io non incroceremo di nuovo il nostro cammino; intanto, il tuo compagno non ti lascerà più uscire di casa. Gli hai concesso il controllo, non è così?"

Le sue parole la ferivano, ma Echo si rifiutava di farsi intimorire.

"Non ti aiuterò", disse scuotendo la testa.

"Non obbligarmi a minacciarti, chérie", iniziò a dire Pere Mal.

"Non chiamarmi così!" Sbottò Echo, stava perdendo la pazienza.

"Come desideri", disse lui. "Non cambia le cose. Se non mi dai ciò che voglio, ucciderò il tuo compagno. E anche tua zia. Continuerò a uccidere finché non farai quello che chiedo".

Echo restò impietrita, cercando di assimilare quanto le aveva appena detto. Seguendo gli insegnamenti di Tee-Elle espanse la propria mente per vedere l'aura dell'uomo, muovendo quasi un passo indietro quando la vide. Era quasi completamente rossa, un profondo vermiglio, la stessa sfumatura del sangue fresco. Era abbastanza ovvia la violenza che bruciava sotto il suo atteggiamento calcolato.

Pere Mal non avrebbe esitato a uccidere Rhys, Tee-Elle e chiunque fosse stato così sfortunato da esserle caro.

"Hai un giorno per pensarci", disse Pere Mal, infilando la mano nella tasca della giacca ed estraendo un biglietto da visita che consegnò a Echo. Quando lei esitò, Pere Mal le rivolse un vero ringhio. Per la prima volta, Echo notò che i denti dell'uomo si assottigliava in punte crudeli e acuminate.

Echo allungò la mano e prese il biglietto con dita

tremanti, e l'espressione di Pere Mal si rilassò, tornando imperscrutabile.

"Eccellente. Mi aspetto di sentire tue notizie domani, Echo. Altrimenti farò visita al tuo compagno. Si interruppe, poi la guardò quasi con pietà. "Non mi tormenterei troppo fossi in te, chérie. Alla fine, mi darai quello che voglio. È nel destino".

Echo aprì la bocca, ma non riuscì a emettere suono. Sbatté le palpebre e si trovò di nuovo sdraiata nel letto di Rhys, tremante e in un bagno di sudore. Nella mano destra stringeva un biglietto da visita tutto spiegazzato, Echo non dovette neanche guardarlo per sapere che era di Pere Mal.

"Che cazzo?" mormorò, rannicchiandosi e cercando di ricacciare indietro le lacrime.

Anche se era ancora l'alba, Echo sapeva che non avrebbe più dormito quella notte e nelle notti future.

La notte seguente Echo stava sdraiata al letto, non riusciva a dormire nonostante fosse esausta. Rhys stava sdraiato accanto a lei, faccia e petto sulla coperta, concedendo a Echo una vista intima e ravvicinata della sua schiena, il sedere e le gambe scolpite. Aveva un braccio sulla pancia di Echo, tenendola stretta a sé mentre dormiva.

Lei allungò la mano per passargliela tra i capelli, in volto aveva un sorriso triste. Lui era così bello, e un fantastico compagno. Forse un po' troppo protettivo. Ok, era molto protettivo, ma Echo non si era mai sentita così amata in vita sua. La connessione che aveva con Rhys era più forte di qualsiasi altra cosa avesse mai provato, era persino più forte del suo legame con Tee-Elle.

Rhys si era insinuato nel suo cuore e vi aveva messo radici, anche se si conoscevano solo da pochissimo. Echo si preoccupava per lui quando non erano nella stessa stanza, proprio come lui faceva con lei. L'istinto protettivo era mutuo tra loro, ed era per questo che Echo soffriva così tanto ora.

Dopo un'ora di sesso così bollente da far perdere la testa, Rhys era collassato sul letto annunciando che i guardiani avrebbero iniziato ad attaccare le proprietà di Pere Mal una dopo l'altra, un tentativo di distruggere l'organizzazione di Pere Mal e trovare altre vittime di rapimento che potevano trattenere come avevano fatto con Tee-Elle.

Echo aveva annuito, ascoltando appena mentre si addormentava. Poi fece il sonno più vivido di tutta la sua vita, davanti ai suoi occhi passarono diverse scene in cui Pere Mal uccideva Rhys. Guardò mentre il suo compagno veniva colpito con una pistola da dei teppisti di strada, lo vide sbranato da uno *zombie*, vide mentre Pere Mal gli strappava il cuore dal petto. Poi c'era stata una morte per avvelenamento, la morte in una gabbia del Mercato Grigio in un combattimento con un altro orso mutaforma, la morte per soffocamento dopo essere stato sotterrato vivo dagli scagnozzi di Pere Mal.

Dopo l'ultimo sogno si svegliò facendo fatica a respirare. Rhys dormiva ancora, borbottò qualcosa e la avvicinò a sé, in sintonia con le necessità della donna anche durante il sonno. Quello fu il momento in cui si decise, il momento in cui capì che doveva consegnarsi a Pere Mal. Rhys era troppo buono, troppo meraviglioso. Proteggeva la città, si occupava degli altri guardiani, proprio come aveva fatto con il suo clan.

Ma chi si occupava di Rhys? Non c'era nessuno che lo facesse, tranne Echo, e non sarebbe stata di certo lei a farlo morire per qualcosa di così stupido come una piccola informazione.

Eppure, Echo non voleva consegnare a un uomo crudele come Pere Mal il nome di una ragazza innocente, quindi aveva deciso di inventare una serie di bugie. Nomi e informazioni dettagliate della Seconda e la Terza Luce, tutte inventate di sana pianta.

Doveva solo concentrarsi per proiettare un'aura sincera mentre diceva bugie, e Pere Mal non avrebbe mai notato la differenza.

Semplice. Come bere un bicchier d'acqua, si disse, ma in realtà era terrorizzata.

Guardando Rhys per un'ultima volta, Echo sollevò il braccio di lui dalla propria pancia. L'uomo protestò bofonchiando, ancora addormentato, poi Echo posò un bacio sulla sua spalla nuda e scivolò fuori dal letto.

Si diresse nella stanza degli ospiti per vestirsi e prendere il biglietto da visita spiegazzato di Pere Mal che aveva nascosto sotto il materasso. Dopo essersi infilata jeans, scarpe da ginnastica e una maglia di Rhys, sperando le portasse fortuna, Echo sgattaiolò al piano di sotto. Fu fuori dalla porta prima che chiunque potesse accorgersene, e a metà strada lungo l'isolato si fermò un attimo a guardare la villa, il cuore le batteva all'impazzata e sentiva le lacrime agli occhi.

Scosse la testa per schiarirsi le idee, raddrizzò la schiena e continuò a muoversi, alzando un braccio per chiamare un taxi.

È la soluzione migliore, continuava a ripetersi. *Puoi farcela. Puoi proteggerlo.*

Questo non impedì che le sfuggisse una lacrima; scese lungo la guancia di Echo, mentre si infilava nel taxi; la donna era incapace di lasciarsi alle spalle il rimpianto che sentiva crescerle nel petto mentre comunicava l'indirizzo all'autista. Ormai era in gioco, e avrebbe giocato fino alle fine.

Qualsiasi cosa fosse successa.

13

RHYS

Rhys si svegliò sentendo il telefono che vibrava sul comodino. Si sedette disorientato e allungò la mano per prenderlo. Guardò lo schermo confuso, scorrendo il dito sullo schermo per accettare la chiamata, voltandosi e guardando accigliato il letto vuoto. Il suo cervello stava cercando di processare l'assenza di Echo e una telefonata alle quattro del mattino, e stava fallendo.

"Pronto?" rispose, osservando la stanza in cerca di indizi su Echo.

"Non stai tenendo d'occhio la mia bambina", disse nella cornetta la voce di Tee-Elle. Sembrava più che irritata, Rhys sbatté le palpebre confuso.

"Come ha avuto questo numero?" chiese.

"È questa la tua prima domanda?" Ribatté Tee-Elle. "Forse dovresti chiedermi dov'è la tua ragazza, eh?" Rhys sentì il cuore battergli nel petto.

"Ehm... ok, dov'è Echo?" chiese, passandosi una mano sulla faccia.

"Non so dov'è diretta esattamente, ma è appena andata via da casa mia. La piccola ladruncola pensa che non lo sappia, ma è venuta e ha preso alcuni sacchetti di gris-gris. Sembra che avrà bisogno di protezione, e scommetto che qualsiasi cosa lei abbia intenzione di fare non finirà bene".

Rhys era già in piedi, cercando di trovare i jeans che aveva lanciato da qualche parte qualche ora prima.

"Non sa dove sta andando?" chiese.

"Sta andando a incontrarsi con Pere Mal. Ma non saprei dove", disse Tee-Elle. "Ha anche preso dei gris-gris che aumentano la privacy, nascondendo l'aura e la presenza della magia. Non riesco a trovarla neanche cercando con lo specchio".

"Cazzo".

"Mmm... farai bene a trovare la mia bambina, orso. Altrimenti tu e io avremo un problema".

"Sì", disse Rhys. "Grazie per la chiamata. La riporterò a casa al più presto, potrà rimproverarla lei stessa dopo che ci avrò pensato io".

Tee-Elle attaccò la cornetta sbuffando e Rhys uscì correndo dalla stanza, diretto al piano superiore dove bussò alla porta di Gabriel. L'amico apparve senza maglietta e Rhys sentì una risatina femminile da qualche parte dentro la stanza.

"Non è un buon momento", disse Gabriel, pronto a chiudere la porta in faccia a Rhys.

"Echo è andata da Pere Mal", disse Rhys, tenendo la porta aperta con la mano.

Gabriel si fermò, la sua espressione si fece seria.

"Dove?" chiese.

"Non lo so. Pensavo tu potessi usare uno dei tuoi incantesimi segugio, come hai fatto con quel ladro di tombe qualche mese fa, per mostrarci i suoi movimenti nelle ultime ore".

Dopo un attimo, Gabriel annuì.

"Vediamoci di sotto tra un quarto d'ora", disse Gabriel girandosi per dargli le spalle. "E di' ad Aeric di tornare, avremo bisogno di lui".

"Facciamo cinque minuti", ruggì Rhys, ignorando il sospiro esasperato di Gabriel.

Meno di venti minuti dopo i tre guardiani erano in piedi nella palestra, completamente vestiti con le loro divise tattiche e con tutte le armi di cui avevano bisogno. Rhys giocherellava nervoso con l'elsa della spada, mentre Gabriel lavorava al suo incantesimo seguio. L'uomo aveva gli occhi chiusi, i bulbi oculari si muovevano sotto le palpebre mentre seguiva gli ultimi movimenti di Echo.

Aeric guardò Rhys per un lungo istante, e lui si rese conto che stava tamburellando con le unghie sulla spada, cercando di alleviare la sua impazienza. Per fortuna, Gabriel scelse quel momento per aprire gli occhi, risolvendo entrambi i problemi.

"Si trova a Gentilly Terrace", disse Gabriel, menzionando un quartiere a circa quindici minuti d'auto dalla villa. "È una delle proprietà di Pere Mal che avevamo già in lista, ma è abbandonata. Ci sarebbero volute altre due settimane prima di esplorarla, seguendo la nostra lista".

"Armiamoci", disse Rhys, girandosi verso il garage.

Il rumore di qualcuno che si schiariva la voce lo immobilizzò. Fece un giro su sé stesso e trovò Mere Marie a pochi metri di distanza, vestita con un'ampia veste bianca e un turbante abbinato. Quella donna si muoveva silenziosa come un gatto. Avrebbero finito per doverle mettere un campanello al collo per evitare che li cogliesse alla sprovvista.

"Signora", dissero insieme Rhys e Gabriel. Aeric si limitò a inclinare leggermente la testa verso il loro capo.

"Ho qualcosa che penso potrebbe tornarvi utile", disse Mere Marie. Estrasse il più lungo e inquietante pugnale che Rhys avesse mai visto: era completamente argentato con uno strano riflesso rosso. Il pugnale era adagiato su un letto di velluto, Rhys notò che evitava di toccare il metallo a mani nude.

"Che cos'è?"

"Non preoccupatevi di questo. L'unica cosa che dovete sapere è che è fatto appositamente per Pere Mal, e che può essere usato solo una volta. Lo immobilizzerà, ve lo assicuro. Oh, e per usarlo dovrete indossare dei guanti".

Aeric prese la spada, avvolgendola nel panno di velluto, poi si diresse nella gabbia delle armi per cercare un paio di guanti da scherma in pelle.

"Se uno di noi dovesse trafiggere Pere Mal con il pugnale, sarebbe finita? Voglio dire, sarebbe la fine dei guardiani?" chiese Gabriel.

Mere Marie chinò la testa di lato, guardando Gabriel con un'espressione pensierosa.

"E dove andreste, mio caro?" Fu la sua unica risposta. Si girò e tornò in casa, perdendosi l'ira sul viso di Gabriel.

"Andiamo", disse Rhys, posando una mano sulla spalla dell'amico. "Non lasciarti provocare da lei".

Aeric tornò da loro e gli lanciò un paio di guanti a testa, poi si diressero verso il garage. Gabriel usò l'iPad per avere una vista satellitare e una mappa stradale della casa verso cui erano diretti; discussero i problemi tattici mentre guidavano. Accostarono in una zona più appartata del quartiere di Gentilly Terrace, trovando la casa in una lunga strada su cui si susseguivano uno dopo l'altro bassi bungalow di mattoni.

"Là, a sinistra", disse Aeric, indicando una casa. Rhys accostò con il SUV dall'altro lato della strada, non preoccupandosi di mantenere un basso profilo. Appena Echo aveva bussato a quella porta, era probabile che Pere Mal avesse iniziato a cercare i guardiani.

Rhys represse la rabbia che gli bruciava nel petto al solo pensiero che Echo fosse stata così ingenua da consegnarsi a Pere Mal. Non c'era dubbio che l'uomo l'avesse minacciata, forse le aveva detto che avrebbe ucciso Tee-Elle, o qualcosa del genere. Ma il fatto che non si fosse fidata di Rhys per proteggerla, per proteggere la sua famiglia, era un colpo dritto al cuore per l'uomo.

Inoltre, la sua compagna aveva reso le cose troppo facili per Pere Mal, e allo stesso tempo aveva messo in difficoltà i guardiani.

"Rhys", disse Aeric, toccandogli una spalla. "Dobbiamo partire con il piano".

Rhys annuì, mettendo da parte quei pensieri mentre uscivano dal SUV. Aeric teneva in mano il pugnale incantato, ma tutti e tre gli uomini indossarono i guanti. C'era ancora più di un'ora prima che sorgesse il sole quindi i guardiani erano da soli per la strada, e tutte le case erano silenziose e immerse nel buio.

Corsero verso l'entrata con passo felpato, Gabriel diede un calcio alla porta e indietreggiò per far passare Rhys per primo.

"Mer…" iniziò a dire Rhys, la frase fu interrotta quando sentì il momento di caduta nel vuoto e poi il rumore lieve di un risucchio. Erano entrati direttamente in un varco dimensionale.

Rhys riuscì a fermarsi, Gabriel e Aeric si colpirono spalla a spalla mentre lo affiancavano, i tre cercavano di capire dove si trovavano. Erano in una casa completamente diversa, questa era stata una lussuosa villa vittoriana, aveva le mura in rovina, un candelabro di vetro che pendeva dal soffitto e una grande scalinata a cui mancavano metà dei gradini.

La luce della luna filtrava dalle finestre rotte vicino alla porta d'ingresso, e Rhys chinò la testa per ascoltare i rumori circostanti. La casa sembrava vuota e silenziosa, quindi fece segno a Gabriel e Aeric di seguirlo mentre si dirigeva verso il pianoterra, cercando di fare meno rumore possibile.

La casa era enorme. Rhys superò diversi salottini e una grande cucina mentre si dirigeva verso la porta sul retro, che portava ad un giardino pieno di erbacce. L'intero cortile era pieno di cespugli alti almeno il doppio di Rhys.

"Un cazzo di labirinto?" disse Gabriel esasperato mentre puntava a un accesso nel recinto verde. "Davvero? Dove siamo, in un romanzo di Lewis Carrol?"

Rhys ignorò la battuta di Gabriel e si diresse verso l'entrata del labirinto, facendo strada agli altri due uomini. Trovarono quasi subito un vicolo cieco. Tornando sui loro passi Rhys cercò di andare verso il lato opposto. In meno di un minuto arrivarono a un altro vicolo cieco, poi un altro ancora.

"Dove siamo?" chiese Rhys, guardando verso il cielo. Il sole era alto e brillava nel cielo, ma l'aria che li circondava era asciutta e fredda. Ovviamente non erano più a New Orleans.

"Penso… potrei sbagliarmi, ma penso che siamo in Irlanda", disse Gabriel.

"Perché mai saremo in Irlanda?" chiese Aeric.

"Mere Marie ha detto che Pere Mal vuole trovare i Cancelli di Guinee, perché gli serve un modo per accedere al reame degli spiriti. Ci sono molti altri cancelli, però. L'Irlanda ne è piena, se sai dove cercare. O se conosci un Faery che sia disposto a dirtelo", spiegò Gabriel. "E poi il clima è quello giusto. L'aria ha un odore salmastro, sembra che siamo vicini al mare. Credo che siamo nel sud dell'Irlanda, e il nostro amico Pere Mal ha trovato un posto dove si riunivano i Druidi, qui il velo è più sottile".

Rhys emise un grugnito, non aveva interesse a fare

supposizioni, mentre la sua compagna era in pericolo. Continuò a muoversi, la sua frustrazione cresceva sempre di più.

Più penetravano nel labirinto e più le pareti si facevano alte e caotiche, chiudendosi su di loro; quando arrivarono alla quarta strada senza uscita, Rhys si sentiva così claustrofobico che la pelle gli prudeva tutta.

"Lascia fare a me", disse Aeric quando Rhys si fermò e strinse i pugni disperato. "C'è un trucco, penso. Uno schema".

Rhys gli lanciò uno sguardo riconoscente e annuì, in pochi minuti si ritrovarono nel cuore del labirinto, vicini al centro.

Gabriel li fermò, portando una mano all'orecchio e invitandoli ad ascoltare.

"Non lo so! Non so altro!" Sentirono la voce disperata di Echo, era lieve ma ben riconoscibile.

"Non puoi mentire a Pere Mal, chérie", fu la risposta. "Dimmi i nomi".

Seguì un urlo acuto, e Aeric dovette afferrare Rhys per evitare che scalasse la parete più vicina del labirinto per raggiungere Echo. Aeric prese il comando e li guidò lungo il sentiero, svoltando altre due volte. Una grande apertura nella parete del labirinto apparve in lontananza e i guardiani si mossero il più veloce possibile senza rischiare di farsi scoprire.

"Cassandra!" disse Echo tra le lacrime.

Rhys si lanciò nello spiazzo e trovò la sua compagna legata a un enorme statua di marmo che raffigurava un angelo piangente, le braccia di Echo erano legate alle ali aperte, mentre il suo busto era imprigionato dalle braccia dell'angelo.

Pere Mal era alle sue spalle, teneva una lunga e sottile bacchetta nera in una mano, e un pugnale cerimoniale nell'altra, tra Pere Mal ed Echo c'era una stella a sette punte disegnata in gesso e sale, al centro un piccolo specchio.

Tra Rhys e Pere Mal cerano almeno una decina di scagnozzi dell'uomo. Mentre Rhys lottava con uno degli uomini più vicini, Pere Mal avanzò verso Echo e posizionò il pugnale vicino al collo della donna, osservando i guardiani con un'espressione di indolente curiosità.

Rhys estrasse la spada e sconfisse due degli uomini di Pere Mal in meno di un minuto, distraendosi quando incise la mano di Echo con il pugnale cerimoniale. Lasciò che il sangue di lei scorresse sulla lama e poi ne fece cadere un po' sullo specchio ai loro piedi, avvicinandosi per sussurrarle qualcosa.

Rhys grugnì e si lanciò contro un altro degli scagnozzi ben vestiti, guardando mentre Echo scuoteva la testa e impallidiva. Pere Mal puntò la sua bacchetta contro Rhys, dandogli solo il tempo di saltare e rotolare, evitando a malapena il maleficio. L'incantesimo colpì il suo scagnozzo invece, e l'uomo cadde a terra, portandosi le mani alla gola e soffocando violentemente.

"Echo, non dargli quello che vuole!" disse Rhys, rimettendosi in piedi a fatica. Lanciò la spada contro un altro uomo, prendendolo in pieno petto.

Ancora un altro si avvicinò con una pistola e Rhys si abbassò per mutare in orso. Gabriel sembrò avere la stessa idea, perché qualche momento dopo c'erano due enormi e furiosi orsi nella radura, ed erano rimasti solo quattro scagnozzi. Due degli uomini di Pere Mal scapparono nel labirinto, quindi Rhys e Gabriel eliminarono gli altri due.

Dietro di loro, Aeric aveva preso il pugnale estraendolo dal tessuto e tenendolo bene in vista, attirando l'attenzione di Pere Mal.

"Dove hai preso quello?" sibilò Pere Mal, incurvando le spalle. Si allontanò verso l'uscita del labirinto, tenendo la bacchetta puntata su Echo. "La ucciderò se ti avvicinerai ancora".

Rhys si impennò sulle zampe posteriori ed emise un ruggito potente. Quel bastardo non poteva farla franca. Fece un cenno con la testa a Gabriel che si spostò per mettersi tra Echo e Pere Mal, bloccandogli la possibilità di lanciarle un incantesimo.

Così, Rhys e Aeric partirono alla carica. Rhys si lanciò, cercando di tenere Pere Mal lontano dall'uscita e farlo spostare verso Aeric. Il guardiano scattò in avanti, obbligando la preda ad affrontare un mortale pugnale incantato e un orso mutaforma molto arrabbiato. Alla fine, Pere Mal diede la schiena a Rhys e usò la bacchetta per lanciare un incantesimo ad Aeric.

L'uomo riuscì a usare il pugnale per dirottare l'incantesimo, lanciandolo verso il labirinto. Mentre lui era distratto, Pere Mal si diresse verso l'uscita. Rhys corse dietro di lui con un ruggito, prendendolo in un attimo.

Proprio mentre Rhys si preparava ad affondare i denti nella carne di Pere Mal, quest'ultimo lo sorprese voltandosi e muovendosi *verso* di Rhys. Ci fu un lampo metallico sopra la sua testa e all'improvviso una fitta di dolore.

Rhys abbassò lo sguardo e vide che Pere Mal gli aveva conficcato nel petto il pugnale cerimoniale. L'orso ruggì e cercò di colpire Pere Mal. Con sua sorpresa, l'uomo indietreggiò con leggerezza ed evitò il colpo di Rhys.

L'orso rimase sorpreso ancora una volta quando si sentì svenire, i suoi muscoli tremavano ed erano sempre più immobilizzati. Aveva subito molte ferite mentre era nella sua forma animale, in genere riusciva a non farci caso, e superarle senza problemi. Questa volta però era diverso.

Il dolore iniziò a diffondersi nel petto, poi al busto, poi verso le braccia e le gambe. I suoi muscoli iniziarono a scattare, era in preda alle convulsioni e i suoi polmoni si contrassero. Anche la sua vista iniziò a venire meno, davanti agli occhi vedeva dei punti luminosi, poi tutto si spense.

Fu solo quando collassò per terra che capì cosa stava succedendo.

Stava morendo.

14

ECHO

"Rhys, NO!" L'urlo scappò dalla gola di Echo mentre Gabriel, ancora nella sua forma di orso, correva verso di lei, usando i suoi artigli affilati per tagliare le corde le tenevano fermi i polsi e il petto. Echo vide Aeric svanire dentro il labirinto, correva dietro Pere Mal.

Gabriel iniziò a mutare per tornare umano, sorprendendo Echo con la violenza del cambiamento nel suo corpo. Distolse lo sguardo mentre correva a inginocchiarsi accanto a Rhys, il cuore le balzò in gola quando vide la ferita sanguinante sul suo petto peloso.

"Cazzo, cazzo, cazzo", sussurrò, sforzandosi per girare il corpo dell'uomo.

"Eccomi, lascia che ti aiuti", disse Gabriel comparendo al suo fianco. Erano riusciti a girare l'orso e metterlo sulla schiena.

"Controllagli il polso", chiese Echo, esaminando la ferita

aperta. Il sangue usciva dal taglio, ma Echo poteva vedere che non sanguinava più come prima. Non era sicura se voleva dire che Rhys stava morendo o guarendo.

"Non lo trovo", mormorò Gabriel, posando una mano sulla faccia dell'orso e cercando lungo la sua mascella.

"Sei uno di loro!" sbottò Echo. "Come fai a non trovarlo?"

"Non è questo che voglio dire", rispose Gabriel. "Voglio dire che non ha battito, cazzo".

Echo sentì la gola secca all'improvviso. Allungò le mani tremanti, premendo con delicatezza sulla ferita di Rhys. Chiudendo gli occhi si concentrò cercando di curarlo. La magia si riversò dentro di lei e cercò di sgorgare, ma non trovò modo uscire. In genere veniva assorbita in qualche modo dalle ferite, ma ora non funzionava.

"No, no, no", sussurrò Echo, sentiva le lacrime pungerle gli occhi. Provò ancora e ancora, ma senza risultati.

"Echo", disse Gabriel, toccandole un braccio.

Aprì gli occhi e lo guardò, rendendosi conto solo in quel momento delle lacrime che le rigavano gli occhi. Quando allontanò le mani dalla pelle di Rhys, l'aspetto dell'orso mutò tornando alla sua forma umana. Non era un buon segno, Echo ne era sicura.

"Echo, penso che... siamo così vicini al velo, penso che abbia già superato il confine", disse Gabriel con espressione seria. "Oppure, è molto vicino a farlo".

"Inizia a rianimarlo", disse Echo. "Solo il massaggio cardiaco, ok?"

Gabriel le lanciò uno sguardo dubbioso.

"Sono seria", insistette Echo. "E qualsiasi cosa tu faccia, non toccarmi finché non tornerò. Non permettere a nessuno di toccarmi". "Tornare indietro? Dove vai?", chiese Gabriel, ma Echo lo aveva già escluso dalla sua mente.

Il velo era effettivamente molto vicino. Se ne era resa conto nel momento esatto in cui aveva messo piede nel varco dimensionale, trovando la strada per superare il labirinto e lasciando che il velo la attirasse a sé.

Chiudendo gli occhi, Echo espanse i suoi sensi. Il velo non era un luogo fisico, non si trattava di una porta da superare o di un varco dimensionale da scoprire. Nella sua mente sembrava una grande e fredda ondata di spessa aria umida. Non ci aveva mai interagito prima d'ora, ma si accorse presto che avrebbe dovuto immaginare sé stessa nell'atto di entrarci in contatto. Avrebbe impostato lo scenario, e avrebbe imposto la sua volontà.

Echo si immaginò davanti a un'enorme tenda fatta di lucente velluto dorato. Immaginò di aprire la tenda al centro, poi chiuse gli occhi per la brillante luce che splendeva davanti a lei. Deglutì e procedette, sentendosi risucchiata dall'atmosfera.

Il reame degli spiriti la voleva, la stava attirando a sé e lei si lasciò trascinare dentro. Nella sua testa, l'altro lato della tenda conduceva a una caverna cupa e umida. Un rivolo di acqua gelida le solleticò i piedi; in quel momento, Echo si rese conto che indossava solo poche strisce di tessuto. Il reame degli spiriti l'aveva spogliata di tutto il resto, anche della sua mente.

Guardando nel tunnel poco illuminato davanti a sé, Echo cercò di mettere a fuoco la via. Fece un pesante passo in avanti, sussultando quando il mondo intorno a lei piombò nel buio. L'acqua ai suoi piedi si alzò di diversi centimetri, congelandole i polpacci; non era più un rivolo, ma una corrente che si muoveva inesorabile.

"Rhys?" chiamò. Da qualche parte nel buio, le parve di vedere un movimento quasi impercettibile.

Fece un altro passo in avanti e fu completamente cieca. L'acqua si alzò fino a raggiungerle le cosce, congelandola fino al midollo, spingendole le gambe in avanti come se la invitasse a sprofondare sempre di più nella caverna. Pensò che avrebbe potuto semplicemente lasciarsi cadere, lasciare che la corrente la trascinasse...

"NO!" disse Echo, scrollandosi di dosso quella sensazione. "Non essere stupida".

Un altro passo, l'acqua le era arrivata ai fianchi. Echo chiuse gli occhi e pensò a Rhys, cercava la connessione tra loro. Ci vollero diversi momenti per trovare il filo che li legava e afferrarlo. Eppure, percepì un pulsare all'altro capo, come se qualcosa l'avesse riconosciuta, le sembrò davvero di sentire qualcosa.

Lui era lì, ed era vicino.

Raccogliendo le forze, Echo mosse un altro passo. Nel profondo della propria mente, una vocina si chiese quanto ancora dovesse concedersi prima di rinunciare a lui. Un'altra voce si chiese se sarebbe riuscita a capirlo, o se si sarebbe lasciata trascinare via della corrente.

D'improvviso, pensò a sua madre. Una volta sua madre si era trovata nella stessa situazione, non era forse così? Aveva camminato a fatica dentro questo stesso fiume, si era fermata in questo stesso punto, aveva cercato di decidere quanto andare a fondo, quanto avrebbe dovuto rischiare per l'uomo che amava.

E aveva perso tutto.

Usando la spalla per asciugarsi le lacrime che le solcavano le guance, Echo si chiese se fosse arrivato il momento di tornare indietro. La sola idea di lasciare Rhys in quel posto le spezzava l'anima, ma iniziava a non sentire più il corpo, era così pesante. Il cuore le martellava nel petto, ma era così stanca...

"Ancora un passo", si disse, con voce roca. "Solo un altro".

Echo avanzò ancora, sussultando di sorpresa quando l'acqua gelida le salì d'improvviso fino al petto. Tutto il suo corpo tramava, non sentiva più le gambe, le dita stavano diventando pezzi di ghiaccio.

"Rhys!" chiamò. "Rhys, ti prego, torna da me. Non posso andare oltre!"

Alzò le braccia con fatica, stendendole davanti a sé. Sentiva le dita informicolite e qualcosa nel profondo le disse che stava quasi per toccarlo. Era così vicina...

Poteva rischiare? Il passo successivo poteva essere l'ultimo, rischiava di essere trascinata via, confinata per sempre nel reame degli spiriti.

Scossa da tremiti violenti, Echo si concentrò ancora sul loro legame. Lanciò un'invocazione silenziosa, sperando disperatamente di ricevere risposta.

Dall'altro lato sentì una lieve risposta, più debole di prima, ma fu abbastanza per spingerla a fare un altro passo in avanti.

L'acqua le raggiunse la bocca, il suo cuore batteva sempre più forte mentre il corpo la implorava di lasciarsi andare, di smettere di lottare contro l'inevitabile. Echo si strinse nelle spalle e allungo le braccia.

Con la punta delle dita sfiorò un corpo solido e freddo.

Echo sbarrò gli occhi, anche se era troppo buio per vedere qualcosa.

Rhys, pensò. *So che sei lì.*

Dopo qualche secondo, sentì di nuovo uno strattone proveniente dal legame che li univa. Rhys la stava chiamando, la cercava.

Echo si concesse di avvicinarsi ancora un po', lasciò che l'acqua si alzasse fino a minacciare di coprirle il naso. Tastò intorno a sé e trovò il braccio muscoloso di Rhys, emozionandosi per quella piccola vittoria.

Si era concentrata così tanto sul raggiungerlo, che non aveva considerato come avrebbe fatto a riportarlo indietro. Non poteva farlo da sola, lui avrebbe dovuto aiutarla.

Muoviti, pensò. *Ti prego, ti prego muoviti.*

Strattonò il braccio di Rhys e con sua sorpresa, lui la

seguì, muovendosi facilmente. *Il legame* pensò. *Finché ci toccheremo, lui verrà con me.*

Echo portò la mano sott'acqua e intrecciò le dita con quelle di lui, poi si girò e cominciò a spingere contro il fiume gelido. Era molto più difficile uscire dalla corrente, l'acqua si faceva sempre più pesante. I muscoli di Echo erano tesi e scattavano, tutto il suo corpo tremava dalla fatica mentre guidava Rhys a proseguire.

Le sembrava che il viaggio non fosse neanche iniziato. Era come se Echo e Rhys fossero due minuscole particelle di polvere nel cosmo, infinitamente piccole e deboli rispetto alle forze dell'universo. Era nel fiume da tempo immemore. Aveva mai conosciuto qualcosa di diverso?

Solo la sensazione delle dita di Rhys intrecciate alle sue la spingeva ad andare avanti. Non riusciva a ricordare perché stava camminando o dove fosse diretta, ma ricordava di non essere sola.

Sentì una fitta ai polmoni quando emersero dall'acqua, provava sempre più freddo man mano che si allontanavano dalla corrente. Quando l'acqua fu nuovamente ai polpacci, lei lanciò uno sguardo dietro di sé. Vide la faccia bianca di Rhys, le sue labbra blu e iniziò a piangere, il calore delle lacrime le bruciava le guance.

Solo il brillante colore smeraldo dei suoi occhi suggeriva che fosse ancora vivo. "Va tutto bene", mormorò Echo, guidandolo a proseguire. "Tutto bene".

E poi, così d'improvviso da sembrare impossibile, furono di nuovo davanti al velo. Echo allungò la mano libera, trovando la tenda di velluto e aprendola. Avvicinò Rhys a sé e lo lanciò oltre, poi fu il suo turno di saltare.

Echo aprì gli occhi. Era nella radura, accasciata sul corpo di

Rhys. Aveva freddo, tremava così forte che riusciva a muoversi appena.

Alzò gli occhi e trovò Aeric e Gabriel in piedi accanto a loro.

"Prendete... coperte", disse Echo con voce tremante. "Acqua calda... "

Aeric si dileguò, mentre Gabriel si accucciò per sentire il polso di Rhys. Ritirò subito la mano imprecando.

"È gelido!"

"Trasformati", disse Echo a fatica. "Tienilo... al caldo..."

Abbassando lo sguardo su Rhys vide che aveva aperto gli occhi, il suo sguardo verde smeraldo era puntato sul suo viso. Echo non ricordava di avere mai visto niente di più bello.

Chiuse gli occhi e si trovò immersa nel buio.

15

ECHO

"Quante scatole può possedere una sola persona?" si lamentò Gabriel, mentre sollevava tra le braccia diverse scatole di cartone portandole dentro la villa.

"Scusatemi tanto per avere degli effetti personali", ribatté Echo, alzando gli occhi al cielo. Lei stava portando una borsa piena di DVD e un borsone di vestiti, seguendo Gabriel fino al piano superiore e poi nella stanza di Rhys.

Lungo il tragitto superarono Aeric che scendeva la scala per andare a prendere un'altra mandata di cose dal furgone dei traslochi.

"Quanta roba c'è ancora? Dico sul serio!" chiese Gabriel.
"Credo che Aeric stia prendendo le ultime due scatole", lo informò Echo.

Lei entrò nella zona giorno e posò i pesi per terra, ammirando la grande piramide di scatole. Aveva donato tantissima della sua roba quando aveva chiuso il contratto di affitto, compresi i mobili, ma aveva ancora diverse cose.

Prese una grande foto incorniciata, un regalo di Tee-Elle per il trasloco. Sulla sinistra c'era sua madre, aveva le braccia intorno a un uomo. Tee-Elle le aveva detto che si trattava proprio di suo padre, Raymond Caballero, altissimo e affascinante, come lo aveva sempre immaginato Echo.

Echo non sapeva dove avesse trovato la foto Tee-Elle, ma era molto felice di averla.

"Starà benissimo sul muro", annunciò Rhys, arrivando con Aeric e posando l'ultima scatola con le cose di Echo.

"Dici?", chiese Echo, girandosi con un'espressione incerta.

Il dottore privato dei guardiani gli aveva appena dato il permesso di tornare in attività, ed Echo era ancora preoccupata per lui. Il suo incontro ravvicinato con la morte gli aveva sottratto tutte le forze e le energie per oltre una settimana, e ci erano voluti giorni prima che riprendesse coscienza.

"Dico davvero", rispose Rhys, avvicinandosi a lei e posandole un bacio sul collo, la sua barba le solleticò la pelle e la fece rabbrividire.

"Pensate di potere aspettare finché non saremo fuori di qui prima di darci dentro?" sospirò Gabriel, incrociando le braccia.

Echo sorrise e fece un gesto con la mano rivolto a Gabriel e Aeric.

"Andate, allora. Qui abbiamo finito, credo", disse.

"Pensavo che ci saremo seduti per parlare di come trovare la Seconda Luce", disse Gabriel. "Saranno almeno due settimane che Pere Mal le starà dando la caccia. Stiamo perdendo terreno".

"Devo dire che sono molto stanco", disse Rhys. Ed Echo notò che stava sopprimendo un sorriso. "Devo riposarmi. Sono ordini del dottore".

Gabriel alzò le braccia al cielo e guardò Aeric in cerca di supporto, ma l'uomo si limitò a un'alzata di spalle.

"Domani", disse Aeric.

Gabriel puntò un dito verso Echo e Rhys.

"Domani", insistette.

"Certo", disse Echo sorridendo.

Scuotendo la testa, Gabriel e Aeric uscirono dalla stanza. Echo si girò per vedere Rhys in piedi alle sue spalle. Allungò il braccio e la abbracciò stringendola a sé, posandole un bacio appassionato sulle labbra. Ci vollero diversi secondi senza fiato, prima che lei interrompesse il bacio e gli rivolgesse uno sguardo severo.

"Sei sicuro che non devi riposare?", chiese.

Rhys non rispose. Le prese la mano destra sollevandola e girandola, ammirando per qualche istante il brillante anello di diamanti sul suo dito prima di portarlo alle labbra per baciarlo.

"Sono sicuro", rispose, stuzzicando con i denti le pulsazioni sul suo polso.

"Sembri così silenzioso", disse Echo, guardandolo attentamente.

"Sto solo pregando che tu sia felice di avermi tanto quanto io sono felice di avere te", disse Rhys.

I loro sguardi si incontrarono, continuando a guardarlo Echo si mise in punta di piedi.

"Baciami e lo scoprirai", disse, alzando un sopracciglio.

Rhys le diede un bacio sulle labbra, poi la prese tra le braccia e la caricò su una spalla, dandole una sonora pacca sul sedere con la sua mano possente.

"Qualsiasi cosa per la futura Lady Macaulay", disse lui.

Echo ridacchiò, ma non osava protestare. Era nella sua meravigliosa casa nuova, rendendosi utile nella sua nuova posizione di collaboratrice dei guardiani, e ora l'uomo più bello del mondo stava per portarla nel suo letto.

"Allora non sei arrabbiata di non fare la riunione oggi?" suggerì Rhys, Echo sentiva il divertimento nella sua voce.

"Domani", sospirò lei. "Tutto il resto può aspettare fino a domani".

E così fu, tutto aspettò fino all'indomani.

NE VUOI ANCORA?

Di seguito riportiamo un breve brano da Non ascoltare il male, Libro due dei Guardiani alfa:

Appena le sue labbra toccarono quelle di Cassie, Gabriel capì di essere perduto. Lei sembrava così piccola e fragile, mentre lui la circondava con il suo grande corpo, avanzando finché i suoi fianchi e il suo petto non la inchiodarono al muro. Gabriel le prese il mento con una mano, usando il pollice per sollevarle la testa e avere migliore accesso alla sua bocca.

Le labbra di Cassie si schiusero sentendo la pressione della lingua e dei denti di Gabriel, incontrando la sua lingua con timide carezze. Lei sembrava prendere vita a ogni suo tocco, intrecciandogli le braccia dietro al collo e affondando le unghie tra i suoi folti capelli lunghi; l'orso di Gabriel ruggì con soddisfazione.

Il suo orso, in genere un partner silenzioso nella loro esistenza condivisa, era decisamente vocale riguardo il suo apprezzamento per Cassie. L'orso amava il suo odore, vaniglia e spezie intimamente miscelate al profumo della sua eccitazione. L'orso amava il suo corpo, le sue curve e la sua forza, e i colori vivaci dei vestiti in cui avvolgeva quella curve. Ma soprattutto, l'orso amava i suoi riccioli ribelli. Gabriel e l'orso condividevano l'intenso desiderio di scoprire come sarebbe stato vederli sparsi sul cuscino di Gabriel mentre la faceva urlare di piacere.

La divorò con i denti e con le labbra, la sua mano si fece strada lungo la vita di lei e afferrò uno dei suoi seni prosperosi. Le dita trovarono il capezzolo attraverso il leggero materiale del suo vestito dorato, facendole sfuggire dalle labbra un sussulto di sorpresa quando lo strinse.

Guardava intensamente il suo viso, cercando di capire cosa le piacesse e quanto potesse sopportare. Sentì la sua erezione reagire al fuoco di desiderio che ardeva negli occhi di lei per via del suo tocco rude e giocoso. Se le piaceva quello, sarebbero stati davvero perfetti l'uno per l'altra.

Mettendo da parte i pensieri sull'accoppiamento e su quanto potessero essere adatti a stare insieme, Gabriel decise di vedere fino a dove Cassie gli avrebbe permesso di potare le cose. Se le piaceva un po' di pepe, Gabriel avrebbe fatto tutto il possibile per eccitarla.

SCARICA UN LIBRO GRATUITO!
ISCRIVITI ALLA MIA MAILING LIST PER ESSERE TRA I PRIMI A RICEVERE INFORMAZIONI RIGUARDO A NUOVE USCITE, LIBRI GRATUITI, PREZZI SPECLIATI E ALTRI GIVE AWAY DELL'AUTRICE.

http://freeshifterromance.com

ISCRIVITI ALLA NEWSLETTER

Unisciti alla mailing list per essere informato per primo su nuove uscite, libri gratuiti, premi speciali e altri omaggi dell'autore.

https://kaylagabriel.com/benvenuto/

L'AUTORE

Kayla Gabriel vive immersa nella natura del Minnesota, dove giura di aver visto dei mutaforma nei boschi dietro il suo giardino. Le sue cose preferite sono i mini marshmallow, il caffè e quando gli automobilisti usano la freccia.

Contatta Kayla via e-mail (kaylagabrielauthor@gmail.com) e assicurati di ottenere il suo libro GRAUTITO:
https://kaylagabriel.com/benvenuto/
http://kaylagabriel.com

www.ingramcontent.com/pod-product-compliance
Lightning Source LLC
LaVergne TN
LVHW011831060526
838200LV00053B/3975